「よし、ここまでは理論通りだ！」
「本当に動きました……」
「お前の見た世界にはこういうものがあったのか⁉」
ロドニー
父の形見の不思議な本と出会い、前世の記憶を手にした青年領主。ラビリンスで手にした古代文明のテクノロジーにも果敢に挑む。
バージス
ソフィアの弟。少年ながら底知れぬ魔法の力を有しており、賢者ダグルドールの二番弟子となる。
ダグルドール
ロドニー同様に前世の記憶を持つ老練の賢者。機械には詳しくないが、根源力とは仕組みが異なる「魔法」の知識を持っている。
最北領の怪物2
～借金地獄から始まる富国強兵～

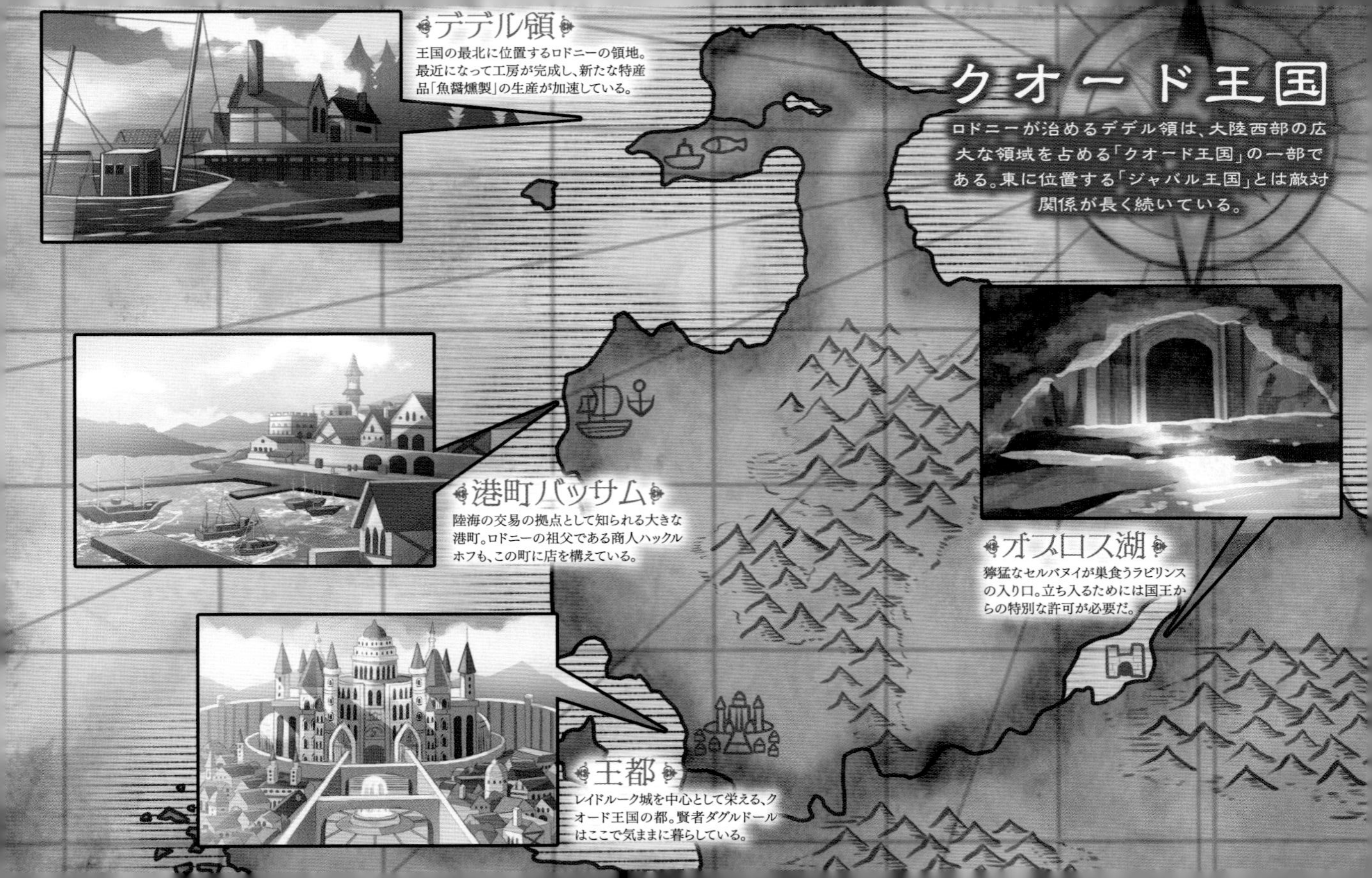
クオード王国
ロドニーが治めるデデル領は、大陸西部の広大な領域を占める「クオード王国」の一部である。東に位置する「ジャバル王国」とは敵対関係が長く続いている。
デデル領
王国の最北に位置するロドニーの領地。最近になって工房が完成し、新たな特産品「魚醤燻製」の生産が加速している。
港町バッサム
陸海の交易の拠点として知られる大きな港町。ロドニーの祖父である商人ハックルホフも、この町に店を構えている。
オブロス湖
獰猛なセルバヌイが巣食うラビリンスの入り口。立ち入るためには国王からの特別な許可が必要だ。
王都
レイドルーク城を中心として栄える、クオード王国の都。賢者ダグルドールはここで気ままに暮らしている。

最北領《さいほくりょう》の怪物《かいぶつ》
〜借金地獄から始まる富国強兵〜
2
なんじゃもんじゃ
Illustration 長浜めぐみ
The monster in the northern most
Getting out of debt trap.
I increased wealth and military power.

contents

序章　目には目を、シャケにはシャケを編

領主ロドニー＝エリアス＝フォルバス騎士爵。フォルバス騎士爵家従士長ロドメル。フォルバス騎士爵家従士ホルトス。同じく従士ロクスウェル。同じく従士エンデバー。従士代理ソフィア。文官従士キリス。文官従士待遇、ガリムシロップ工房責任者スドベイン。同じく文官従士待遇、ビール工房責任者ドメアス。

クオード王国デデル領を治めるフォルバス騎士爵家の首脳陣が一堂に会した会議において、当主ロドニーが難しい顔をして口を開く。

「目には目を歯には歯を、侮辱には報復を」

「いきなりですな、ロドニー様」

ロドメルが怪訝《けげん》と苦笑が混じった微妙な表情をし、ロドニーに真意を問うた。

「バニュウサス伯爵の威を借るキツネが随分と威張っているそうだ。なあ、ホルトス」

「はい。当家を田舎《いなか》貴族と蔑み、ロドニー様を若造と侮るキツネが大きな顔をしておりますな」

ダンッ！　壊れるほど激しく机を叩《たた》いたのは、エンデバーであった。

「ロドニー様を蔑むなど以《もっ》ての外っ！　そのキツネとやらを狩ってキツネ汁にしてくれるわっ！」

日頃物静かな人物が怒るとかなり過激になる。その典型のような反応をするエンデバーの目には、恐ろしいほどの殺気がこもっていた。

「ホルトス殿。そのキツネとは何者ですかな？」

エンデバーの横に座るロクスウェルの声にも怒りが込められていた。

「バニュウサス伯爵家の騎士シュイッツァーと申す小者です」

「騎士が騎士爵《貴族》であられるロドニー様をバカにするとは不届き千万。そのキツネをキツネ汁に叩き込んでやりましょうぞ！」

過激な反応を見せるエンデバーに、全員が同意するように頷く。

「あんな奴《やつ》を食ったら腹を壊すぞ。それよりも泣いて後悔させてやるほうが面白いと思わないか？」

ロドニーが悪い顔をする。

ここに揃《そろ》っている者の多くは、ロドニーを生まれた時から知っている人物たちだ。ロドニーが温厚な性格をしていることをよく知っている。そのロドニーが怒っているのだから、その騎士シュイッツァーが失礼なキツネだということは従士たちの間に伝播《でんぱ》するように共有された。

「ロドニー様には、報復の腹案がおありのようですな」

極悪顔のロドメルが暗い笑みを浮かべて聞いたように、ロドニーには報復手段についての案があった。

「シュイッツァー家の経済力を支えるのは、シャケの干物だ。その財力を奪ってやろうじゃないか」

「奪うと申しましても、どのようにされるのでしょうか？」

攻め入ってシャケの権利を奪うわけにはいかない。そんなことをすればバニュウサス伯爵とも険悪な関係になってしまう。それを含めて、フォルバス家の財政を預かるキリスが興味津々といった表情で確認した。

「シャケの干物が売れないようにする。言い方が悪いな。当家がシャケの干物以上のものを売り、シュイッツァー家のシャケの干物の売り上げが落ちるようにするんだ」

「そんな産物を用意できるのですか？」

「もちろんだ。それを作ってハックルホフ交易商会にシャケの干物の市場を荒らすように頼もうと思っている」

「その産物について伺いたいです」

キリスはシュイッツァーに意趣返しをするよりも、儲《もう》け話のほうに興味があった。見ようによってはロドニーを軽んじているように見えるそれは、他の従士からすれば嫌悪に等しい。しかし財政を預かるキリスと他の従士の考えが違って当たり前であり、それをとやかく言う従士はいなかった。キリスがロドニーの下で必死に財政を切り盛りしていることを皆が知っているからだ。

「構わんぞ。シュイッツァーのところは干物だが、うちは魚醤燻製《ぎよしようくんせい》だ」

「魚醤燻製ですか？」

キリスだけでなく、皆が首を傾《かし》げた。

「イワシで魚醤を造っているのは知っているな」

「はい。ですが魚醤は数年かかると、ご当主様が仰《おつしや》っていましたが？」

ロドニーも仕込んでから数年かかると思っていた魚醤だが、思った以上に発酵が進み、ものになっていた。

ロドニーが持っている知識は異世界のものだから、世界が違えばそういったものに違いがあっても不思議はない。魚醤の材料になるイワシは、姿は似ているが異世界の知識にあるものとは別物のようだ。または発酵のメカニズムが前世とは違うのかもしれない。不明瞭なところはあるが、魚醤はある程度発酵が進んでいる。まだ不完全だと感じたロドニーだが、それでもこれはこれで使えると考えたのだ。

魚醤の出来具合を見てそんなことを思っていたロドニーは、シュイッツァーへの意趣返しも、すぐに思いついたのだった。

「シャケを開いてそれを魚醤に漬ける。その後、燻製にするんだ。燻製というのは焼いた木の煙で燻《いぶ》すことだが、木の種類によって色々な香りがついてシャケから水分が抜けて日持ちもするようになる」

「それは干物とは違うのですね？」

「シュイッツァーの干物は自然乾燥させたものだが、当家の燻製は熱を加えて人為的に乾燥させるものだ。それに魚醤で味をつけているから、シャケの干物よりも味が濃くて美味《おい》しいぞ」

　この会議を開く前、ロドニーは事前に燻製の試作に挑んでいた。しかしロドニーは、シャケを捌《さば》いたことがない。エミリアやソフィアに聞いてみてもダメだった。そこでリティを呼んで頼んだところ、年の功か、見事な手際でシャケを三枚におろしてくれたのである。

それを魚醤に漬けて一晩置き、翌日にはそれを干して、さらにその翌日には煙の立ち上る箱の中に入れ、一日燻した。

　シャケの魚醤燻製の試作品は足掛け三日で完成した。リティが会議の出席者全員の前に、燻製を並べていく。

　通常のシャケの干物よりもかなり赤茶色が濃い。これが魚醤燻製の特徴だ。

「今回はガリムの木で燻した。老いたガリムの木は樹液の出が悪いから、伐採して植樹している。その伐採したガリムの木を活用するつもりだ。さらに燻製というのは、使った木の種類によって香りが変わる。ガリムの木だと甘くて香ばしい香りがついて、俺は好きだな」

簡単な説明をしたところでキリスが手を挙げ、ロドニーが発言を許した。

「ロドニー様の趣味嗜好《しこう》は置いておきますが、ガリムシロップ作りにもガリムの老木を薪《まき》として使っております。それを魚醤燻製に使ってしまうと、ガリムシロップ作りに支障が出るのではないですか？」

「さすがはキリスだ。良いところに気づいたな。しかしそれについては問題ない。東の森の北部にはガリム以外にも成長の早いスゴスの木が自生している。スゴスの木を伐採してガリムシロップ用の薪にすれば、薪不足という問題は発生しない。もちろんスゴスの木も伐採した後に若木を植えて薪が枯渇しないように管理するがな」

これによって木こりの仕事が増えるが、最近のデデル領は移住者のおかげで人口が増えている。移住者たちから木こりとして働く者を募集すれば、いくらかは増えるだろう。

「なるほど、それでしたら問題なさそうですね」

スゴスの木は五年でおよそ一五メートルほどに成長する樹木だ。成長が早く太さも高さも十分ある。伐採後に植樹すれば枯渇することはないはずだ。

それにスゴスは実をつける。そのままでは渋く食べられないが、数日水に漬けてから乾燥させると渋さがなくなって食べられるようになる。食料の乏しいデデル領では重宝される植物だ。

「では、食べてみてくれ。忌憚《きたん》のない意見を頼む」

ロドニーがシャケの魚醤燻製に口をつけると、次は従士長のロドメルが太い指で摘《つま》んで豪快に口に放り込んだ。

「こ、これは、うまいっ！　塩加減がよく、シャケの身の甘味が際立っていますぞ。それにこの香ばしい香り！　この香りが鼻に抜けてなんとも幸せな気分になりますな！」

ロドメルが美食家のようなコメントをすると、皆が苦笑しながら口をつけた。

「「「っ⁉」」」

「どうだ、うまいだろ」

自慢するのも無理はないと思うほど美味しく、皆は無言でシャケの魚醤燻製を食べ尽くした。

「シャケの干物を食べたことがありますが、あれは保存食ですから塩辛いのも仕方ないと思っていました。しかしこのシャケの魚醤燻製は保存食ではなく、毎日でも食べたくなる美味しさです」

日頃沈着冷静なホルトスが興奮するほどの味だ。

「これはビールに合います」

ドメアスがそう言うと、ロドニーは微笑《ほほえ》みを浮かべ手を叩いた。その合図でリティが再び部屋に入ってきた。

今度は何が出てくるのかと、皆がリティの押す給仕用ワゴンを見つめる。

全員の前に新しい皿が置かれ、さらにビールがその横に置かれる。誰かが生唾を飲む音が聞こえた。

このビールは本格的な量産に入っている。ワインのように長く熟成させる必要はないことから、生産量を上げればすぐに出荷に繋《つな》がる。あとはハックルホフ交易商会の手腕しだいでさらに増産させる態勢を整えている。

そのビールを前にして、皆がロドニーの言葉を待つ。

「それはイカの一夜干しだ。これも魚醤で味つけをしてある。ビールと相性がいいからまずは食べてくれ」

そう言うとロドニーは一口大に切り揃えられているイカの一夜干しを口に入れて、さらにビールを呷《あお》る。

「うまい！」

続いてロドメルが一夜干しを口に入れる。

「おお、これは!? 噛《か》むごとに旨味《うまみ》が出てくるぞ！」

ビールを呷る。呷る。呷る。……全部飲み干した。

「ビールがいい！　イカの一夜干しとビールが織りなす味の調和が素晴らしい！」

ロドメルは怖い顔に似合わず美食家である。それはこのメンバーのほとんどが知っていることだが、些《いささ》か大げさに思えた。

「ロドメル。一気に飲めとは言ってないぞ」

「そうでしたかな？　ははは。気にしないでくだされ。リティ殿、もう一杯もらえるか」

「ありません」

リティに即答されて、ロドメルはそんなぁとあからさまに落ち込む。

「まったくロドメルは……。皆、ロドメルは放っておいて、食べてみてくれ」

ロドニーに促されて、皆もイカの一夜干しを口に入れる。

「なっ⁉　これほどとはっ⁉　ロドニー様！　これは素晴らしいです！　ビールとこのイカの一夜干しの相性は最強にございます！」

ドメアスが興奮し、身を乗り出す。彼はビール工房の責任者ということもあり、イカの一夜干しとビールの相性に興奮を覚えた。

「俺もそう思う。ただしビールはまだ向上の余地がある。ドメアスにはイカの一夜干しに負けないビールを造ってほしい」

「はい、お任せください！　このイカの一夜干しに負けないビールを、必ずや造ってみせます！」

「その意気で頼むぞ」

ロドニーのビールに対する要求は高い。今でもかなり良いものができて販売しているが、それに満足することなく味の向上を目指している。それを後押しするように、イカの一夜干しを作った。イカの一夜干しの旨味をより引き立たせるビールを造ってくれると、ドメアスに期待しているのだ。

そうすればイカの一夜干しとビールの相乗効果によって、共に売り上げが伸びることだろう。もっともビールは生産が今でも追いついていないくらい売れていて、嬉《うれ》しい悲鳴をあげている。

「シャケは秋から冬、イカは春から夏が漁の季節だ。一年を通してこれらを生産すれば、デデル領の漁師は一年中仕事ができる。それに魚醤燻製はシャケだけじゃなく他の魚でも作れるし、何よりもこのデデル領は海に囲まれた土地だ。漁業が盛んになれば、それだけ栄えることになるだろう。皆にはその手助けをしてほしい。よろしく頼むぞ」

「「はっ！」」

魚醤の生産、それを使ったシャケの魚醤燻製とイカの一夜干しを産業化するために工房を建てる。これはキリスが進めることになった。ただしデデル領は大工がそこまで多くないし、フォルバス家の屋敷も建てなければいけない。どちらを優先するか、ロドニーの判断を仰いだ。

「屋敷は後回しで構わんから、工房の建設を優先してくれ。それと工房の責任者をどうするかだ……」

屋敷は今住んでいる家を使えば済む話だ。雨漏りは大工たちが応急修理をしてくれたからしばらく大丈夫のはず。住めないわけではないから、工房建設を急がせることにした。

「責任者の件ですが、サイザルドではどうですかな？」

ロドメルが薦めるサイザルドはリティの甥《おい》にあたる人物で、従士家の分家筋の者だから
ロドニーも顔は知っている。

「サイザルドは腕力はありますが、あの性格です。重要な工房の責任者などできるでしょうか……」

リティが場を弁《わきま》えずに発言するくらいサイザルドの性格はおおらかで、人を率いたり管理するような立場が合わないと思われる人物だ。今は木こりをしているが、それが彼には合っているようにロドニーにも思えた。

「リティ殿はサイザルドに厳しすぎるぞ。あれはあれで、責任感がある男だ」

「ロドメル殿がサイザルドを引き立ててくださろうというのはとてもありがたいですが
――」

「リティ。一度サイザルドに機会を与えてやったらどうだ？　なんでも頭ごなしにダメだと言うと、人が育たないからな」

「……ロドニー様がそう仰るのであれば、わたくしに否やはございません。どうぞ、よろ

しくお願いいたします」

ロドニーは責任者見習いということでサイザルドを招聘《しょうへい》することにし、リティは深々と頭を下げ甥のことを頼んだ。

几帳面《きちょうめん》なリティと呑気《のんき》なサイザルドでは性格が合わず、リティが一方的に苛立《いらだ》つことが多い。それはロドニーも知っているが、サイザルドは仕事は遅いかもしれないが決して途中で放り出すような者ではないと、ロドニーは好感を持っていた。


キリスは早速動き、早々に工房の建築が始まった。

さらに大規模な漁を行うために、大きな漁船も必要になる。漁師たちと相談して、バニュウサス伯爵が治めるザバルジェーン領の領都バッサムの船大工に建造を依頼することになった。

大型の漁船の建造はフォルバス騎士爵家の財政を圧迫するが、ロドニーは二隻《せき》の建造を指示した。


「さて、やりますか！」

ロドニーは領兵の中から『土球』を持った者たちを集めた。

「できるだけ大きく硬い『土球』を真っすぐ並べるように頼む」

海岸から海のほうを指差す。

これから大型船を使った漁をすることになることから、船を効率的に運用するための漁港を整備しようとしているのだ。

『土球』で出される土の球は、どちらかというと石のようなものだ。基本は丸いものだが、使用者次第で四角にもなる。

「「はっ！」」

『火球』『水球』『土球』『風球』はルルミルの生命光石から覚えられる根源力だが、『土球』は一番人気がなく、覚えているのはたった三人しかいない。

人数が少ないことから時間がかかることが予想できる。できるだけ早く進めておかなければ間に合わない。

本来、港の建設は国の許可が必要だ。しかしそれは貿易港であり、漁港にそういった制限はない。

ロドニーはあくまでも漁港を整備しているが、将来的には貿易港も視野に入れている。

ガリムシロップとビールの他に、シャケの魚醬燻製やイカの一夜干し、その他にもチーズやパン酵母など産業の卵と言うべきものはいくつかある。

このデデル領でそういった産物を作って出荷するには、やはり貿易港が必要だと考えているのだ。

+・+・+・+・+・+・+・+・+・+・+・+

+・+・+・ 一章 他国の皇女編 ・+・+・+

+・+・+・+・+・+・+・+・+・+・+・+

バニュウサス伯爵は秋にあった『召喚』の失敗によって、二人の領兵が死亡した事件の調査報告書に目を通していた。あの事件によって、他にも多くの領兵が怪我《けが》をした。決して放置していいものではない。

それによるとメニサス男爵家から犯人として送られてきた者は、『召喚』の根源力を持っていないとある。メニサス男爵家が犯人でない人物を差し出して、真相を闇に葬ろうという魂胆がわかる内容だった。

バニュウサス伯爵は静かに調査報告書を握り潰した。その目には怒りの炎が燃え上がっている。

「メニサスを呼べ。すぐにだ」

ただちに騎士トルガニスが使者となり、メニサス男爵家へと向かった。

騎士トルガニスは、バニュウサス伯爵家の文官の柱の一人だ。

メニサス男爵が治めるデルド領に到着した騎士トルガニスは、さっそくメニサス男爵に面会を求めた。

しかし二日経《た》っても、三日経っても面会は叶《かな》わない。格上の伯爵家からの使者を、特別な理由もなく待たせるというのは、礼儀に背く行為である。

それでも騎士トルガニスは連日屋敷を訪問した。

バニュウサス伯爵家への出頭を回避したいという態度が伝わる対応に、ついに騎士トルガニスは爆発した。

「これ以上面会を拒否するのであれば、貴家のためになりませんぞ！」

「ですから何度も申しておりますが、主《あるじ》は病でして」

「書状も読めぬ重篤な状況なのであろう」

「はい。その通りにございます」

執事が汗を拭きながら返事をする。

「相わかった。が、某《それがし》もメニサス男爵にバッサムの大鷲《わし》城まで出頭するように伝えた。それでよいな！」

「あいや……それは……」

しどろもどろの執事に、騎士トルガニスはにじり寄る。

「当家からの書状をどう扱おうが、そちらの勝手。某はこれにて失礼いたす。次は戦場で会いましょうぞ」

「お、お待ちください！」

執事が止めるが、騎士トルガニスは大股で肩を怒らせながら歩いていく。

そんなことになっているとは知らないバニュウサス伯爵は、メニサス男爵がそのうちやってくるものと考えていた。

しかし騎士トルガニスが一人で帰ってきたことで、大いに憤慨した。日頃物静かなバニュウサス伯爵だが、その日だけは怒りに身を任せて叫んだ。

「あの愚か者に、目にものを見せてやるわっ！」


その数日後、メニサス男爵家よりの使者がやってきた。メニサス男爵は体調がすぐれないと代理の者を送ってきたのだ。

バニュウサス伯爵はその使者に会わず、騎士トルガニスが対応に当たった。

その騎士トルガニスが調査結果を突きつけると、使者はのらりくらりと話をはぐらかした。

それというのも『召喚』を失敗したのが、メニサス男爵の嫡子ガキールだったからだ。ガキールは騎士王鬼『召喚』の失敗など気にすることなく、今でも好き勝手して暮らしている。

送られてきた犯人が『召喚』の根源力を持っていないと指摘しても、使者はのらりくらりと当たり障りのない言葉を吐く。

「貴家が当家をバカにしていることが、よーっくわかり申した。まったくもって不愉快。このままでは済まないと、帰ってメニサス男爵にお伝えなされ」

「で、ですから――」

「だまらっしゃい！　これ以上は何も話すことはない！　客人がお帰りだ」

「お待ちください」

騎士トルガニスは使者を追い返し、その足でバニュウサス伯爵の執務室に報告へと向かった。

「殿《との》の慈悲のわからぬ愚か者にございます」

「この北部に乱を起こしたいようだな、あの愚か者は……まったく、困ったものだ」

言葉は冷静なものだが、その内には怒りが込められていた。

バニュウサス伯爵家とメニサス男爵家は何度もやりとりをしたが、メニサス男爵は一向に犯人を引き渡そうとしなかった。嫡子ガキールを引き渡すわけにはいかないにせよ、それならそれで賠償するなりやりようはあった。

しかしメニサス男爵は賠償を言い出すこともせず、バニュウサス伯爵が諦めるのを待った。そんなことがあるわけないのだが、メニサス男爵は自分本位の考え方しかできない人物だったのだ。

そんなある日、バニュウサス伯爵はある決断をした。バニュウサス伯爵がメニサス男爵家へ絶縁状を送りつけたのだ。北部の各貴族家と王家には、絶縁に至った経緯が報告された。

「なんだこれはっ⁉」

メニサス男爵は酷《ひど》く焦った。

「こんなことが認められるかっ！」

一方的な絶縁は承服できないと抗議したが、バニュウサス伯爵は一切取り合わなかった。このことでメニサス男爵は北部で孤立することになる。寄親の領地に上級セルバヌイを放った者の引き渡しもせず、賠償もしないメニサス男爵はバニュウサス伯爵を蔑ろにしている。だから絶縁されたが、本来であれば攻め込まれてもおかしくない事案だ。

このバニュウサス伯爵の対応に、貴族たちの反応はさまざまだった。バニュウサス伯爵がメニサス男爵のデルド領に攻め込んだら北部一帯は混乱に襲われる。混乱を避けた賢明な判断だったと称賛する声が多かった反面、少数だが今すぐ攻め落とすべきだという声もあった。

バニュウサス伯爵家とメニサス男爵家の騒動が起きている中、デデル領に冬がやってきた。寒く厳しい冬だ。

動物たちは巣穴にこもって冬眠するが、ロドニーたちは冬眠するわけにはいかない。せっかく借金が減り領地を豊かにする基礎を築いたというのに、ここで歩みを止めるわけにはいかないのだ。それはまだ種というべき小さなものだが、どんなにゆっくりでも進み続けなければならない。それに冬でなければできないこともある。

すでに計画は動き出した。

ソフィアの実家の倉庫内には、多くのイカやシャケが運び込まれてくる。ここは簡易的に造られた燻製工房だ。

村の女たちがイカとシャケを手際よく捌く。海があるデデル領では、魚を捌ける女衆は多い。

雪に閉ざされるデデル領は、冬の仕事が極端に少ない。去年まで、屋根に積もった雪は各家で下ろしていたが、今年は領兵が雪下ろしをしてくれる。男は道路の雪をどける。これは女たちの家事負担を軽減し、ガリムシロップや燻製の工房で働けるようにするための施策だ。

デデル領の冬の海は荒々しい。しかも風が強いため、強風によって波が切り取られて砂浜の雪にかかり氷となる。その氷の上でカシマ古流の型をなぞるロドニーの姿があった。

足場が悪い場所で戦う訓練として取り入れたものだが、嵐のような風に煽《あお》られバランスをとるのが非常に難しい。

当初は苦戦したが、一カ月もすると慣れてきた。足にかける体重と力のバランス、そして体の軸をブレさせない体幹。そのことを『理解』したのだ。

「アハハハ。面白いからお兄ちゃんもやってみなよ」

エミリアは氷の上を器用に滑っていた。凹凸がかなりあるのに、真っ平らな氷の上のようにスムーズに滑っている。それでいてメリリス流細剣術の型を一分の狂いもなくなぞっているのだ。

ロドニーは「あれが天才というやつか」と苦笑しかなかった。

「エミリアは凄《すご》いな」

「そんなに褒めないでよー」

「いや、褒めてるんじゃなくて、呆《あき》れているんだ」

そんな兄妹の会話の横では、氷を砕くソフィアの姿があった。

ソフィアのキリサム流豪剣術は、剛の剣。ゆえにその踏み込みで氷を割り、振り下ろした剣圧によって氷を切る。圧倒的な力による破壊がそこにあった。

そのソフィアが素振りをやめて、海を見つめた。

「ロドニー様。あれを」

水平線の上に黒い影が見える。それが船だとわかるのに、大した時間はかからなかった。

「こんなところに大型船か……珍しいな」

三本のマストを持つ大型船だ。デデル領は最北にある領地で、大型船が寄港できる港はない。

大型船はバッサムで北部の荷を載せて南下するため、このデデル領までやってこないのである。しかも季節は冬で海はかなり荒れていることから、航海にはかなりの危険が伴う。

「様子がおかしいです」

海岸から三〇〇メートルほどの場所で、船が傾き始めた。

「座礁しているぞ！」

「大変です！」

「エミリア。ロドメルたちを呼んできてくれ！」

「うん」

「ソフィアは漁師たちに船を出すように伝えてくれ」

「はい」

二人に指示を出したロドニーは、大声で船に呼びかけた。しかしその声は強風に掻《か》き消されてしまい、届いていない。反対に船からの声もこちらに届かないが、甲板の上では多くの人が助けを求めるように手を振っていた。

しばらくするとロドメルたちが領兵を率いてやってきた。漁師が船を出す準備もできた。

「あのままではいずれ沈没するだろう。今は一人でも多くの人を救うぞ」

「お待ちください。何もロドニー様が行かなくても、某が行きますので」

小舟に乗り込もうとしたロドニーを、ロドメルが止めた。

「今はそんなことを言っている暇はない。後からいくらでも小言は聞く。出してくれ」

ロドメルの制止を振り切って、小舟で海に出る。

座礁した船に乗っている者たちは混乱していたが、ロドニーは彼らを落ち着かせて小舟に乗り移るように指示した。漁師たちが総出で救助したこともあり、怪我人はいたが死人は出なかった。

「いくらでもお小言を聞くと仰ったのです。じっくりと言わせてもらいますぞ」

「……お手柔らかに」

もちろん、救助作業後にロドメルのお小言があったのは言うまでもない。

「今、ロドニー様に何かあったら、この先のフォルバス家はどうされるのですか」

ロドメルはこんこんと説教をした。そして最後に早く結婚して子どもを残せと言う。そうすれば家臣領民の全てが安心できるのだからと。

今のロドニーは家臣領民に大変人気がある。ロドニーが興した産業が領民たちを豊かにしたからだ。ガリムシロップとビールはフォルバス家の金銭的な不安を払拭し、領民たちの雇用を生んだ。しかも立ち上げ中の産業もあり、それを成功させるにはロドニーの力が必要だ。

さらに領兵を優遇し、多くの根源力を得られるようにした。領兵の収入も増えた。その領兵が村で金を使い、ロドニーの評判を高めたおかげで領兵になりたいという者が後を絶たない状況だ。

ロドニーがいる限り、フォルバス家は安泰だと家臣領民が考えるようになっている。そのロドニーにもしものことがあったら、また貧しい領地に戻ってしまうかもしれないという危機感を持つのは当然のことだろう。

ロドメルの説教は二時間に及んだ。その間、ホルトスとソフィアが中心となり、助け出された者たちの面倒を見ている。

救助された者たちには温かいスープと着替え、当面の宿泊施設の手配をするのだが、女性も多くいたことから、ソフィアをこの任に充てている。

そのソフィアがロドニーの部屋に飛び込んできた。かなり焦った表情に何かあったのかと、ロドニーとロドメルは身構えた。

「大変です。あの船はサルジャン帝国の船です！」

デデル領のあるクオード王国から海を隔てた西側の大陸に、サルジャン帝国はある。

デデル領では滅多に聞かない国名だが、クオード王国と盛んに貿易が行われている友好国だ。王都ではサルジャン帝国の品々が流通していると、ハックルホフが言っていたのをロドニーは思い出した。

「サルジャン帝国の船にしては、かなり北へ来たな」

最北領と言われるデデル領には、異国どころか国内の船さえ来ないのに珍しいことだと呟《つぶや》く。

「途中で嵐に遭遇したようで、北へ流されてしまったようです」

冬の海が荒れるのは、海の男ではないロドニーでさえ知っていることだ。それでも海上貿易をしている以上このようなことはある。

近海を航海するだけでも、冬の海はかなり危険だ。それが遠洋ともなれば危険さは跳ね上がる。

今回はロドニーたちによって救出されて人的被害はなかったが、人知れず海の藻屑《もくず》になっていても不思議ではないのが海というものなのだ。

「軽傷の者ばかりだったと思ったが、誰か大怪我でもしていたのか?」

「そんなことではありません。あの船にはサルジャン帝国の皇女殿下がお乗りになっていたのです!」

「「え!?」」

ロドニーとロドメルの声が揃うほど、ソフィアの言ったことは衝撃的だった。

「皇女殿下だと……?」

さすがに理解が追いつかないが、なんとか気を取り直してすぐに挨拶に向かった。

「某、ロドニー＝エリアス＝フォルバス騎士爵と申します。このデデル領の領主をしております。このような辺境の地ゆえ、十分なおもてなしができずに申しわけございません」

「助けていただいたことに、感謝しております。フォルバス卿《きょう》」

皇女の名はエリメルダ。サルジャン帝国の第三皇女で、淡い緑色の髪をした美しい少女であった。

エリメルダの目的は、このクオード王国の王子との見合いであった。それを知ったロドニーは、すぐにバニュウサス伯爵へ使者を送った。

相手は友好国の皇女だ。失礼があってはいけないと、寄親であり大貴族であるバニュウサス伯爵に指示を仰ぐことにしたのだ。

デデル領でもっとも大きく立派な家はフォルバス家のものだが、残念ながら屋敷というにはかなり見劣りする。

そんな自宅にエリメルダを移したが、問題はお付きの侍女や家臣たちだった。総勢三〇名、皇女の家臣としては少ないとはいえ、フォルバス屋敷に受け入れるには多すぎる数だ。着工中の新しい領主屋敷が完成していれば、そのくらいは受け入れることができたのだが、完成どころか、魚醤燻製工房の建設を優先したために基礎を築いたところで工事は止まっている。

その中から侍女五名と武官五名の一〇名を、エリメルダと共にロドニーの家に泊めることになった。

エミリアと母のシャルメの部屋も明け渡して、二人はソフィアの家にしばらく世話になることになった。

ロドニー自身もロドメルの家に世話になり、フォルバス家の家はリティに任せることになった。

全体の警備はロクスウェルが行うが、エリメルダの周辺警護はソフィアが行う。皇女の警護が無骨な男たちばかりでは、気づかないこともあるだろうとロドメルが薦めたのだ。

バニュウサス伯爵家へ向けて送り出した四日後に使者は戻ってきた。この使者はフォルバス家が所有している雪上馬車を使ったが、雪が多く積もる中で往復四日というのはかなりの強行軍だとわかる速さだ。それだけ無理をしてくれたのだと、使者を労《ねぎら》った。

バニュウサス伯爵からの書状には、雪上用馬車をバニュウサス伯爵家で用意するとあった。それで皇女エリメルダをバッサムまで送ってほしいという内容だが、バニュウサス伯爵が雪上馬車を出してくれるのは、フォルバス家のものが古く皇女を乗せるにはみすぼらしいと感じたからだろう。

ロドニーは毎日エリメルダの元を訪れ、不便をかけることを詫《わ》びた。毎日ご機嫌伺いをするのは領主の役目だが、それ以外は平時のように体や根源力を鍛えた。

ある日、ロドニーがロドメルの家の庭で金棒を振っていると、なんとエリメルダがやってきた。雪は舞っていないが、それでも雪深い中のことだ。

薄着で金棒を振っていたロドニーの周囲の雪は、その熱気や金棒の風圧によってかなり解けていた。

慌てて上着を着込んだロドニーは、雪が解けた泥の地面に跪《ひざまず》いてエリメルダを迎えた。

「このような場所においでとは思ってもおりませんでしたので、お見苦しい姿をお見せしました。申しわけございません」

「いいえ。わたくしのほうこそ急に訪ねて、申しわけありませんでした」

エリメルダは皇女だというのに、傲慢でも我儘《わがまま》でもなかった。雪深い辺境の地の領主が自分のために家を明け渡したことを当然だと思わず、感謝していた。

「フォルバス卿に受けた恩は、忘れません」

「ご不便をおかけしていますのにありがたきお言葉をいただき、身が震えるほどの感激にございます」

エリメルダのような心清らかな皇女と結婚する王子は幸せ者だと思った。

見合いをすると聞いていたが、それが結婚ありきの顔合わせだということはロドニーも理解している。いずれこの国の国母になるであろうエリメルダに顔を覚えてもらうのは、貴族として悪くないことだ。


その二日後、エリメルダは金色に輝くバニュウサス伯爵家の紋章があしらわれた雪上馬車でバッサムへ旅立つことになる。いかにも貴族家のものだとわかる豪華な雪上馬車に対し、フォルバス家のものはまるで荷車にしか見えない粗末なものだ。

（こういった雪上馬車も用意しないといけないか……。色々物入りだな）

ロドニーも皇女エリメルダの護衛のために同行するが、雪上馬車のあまりの差にため息が出た。それでも裕福になるにつれ、それではいけないと思うようになる。それに領内にお金を回すために、まずフォルバス家が使わなければいけないのだ。

「キリス。イカの一夜干しとシャケの魚醤燻製の出荷のほうは頼んだぞ」

「はい。お任せください」

ハックルホフ交易商会の二番番頭マナスは雪のデデル領へと足を運んでくれる。次の出荷はガリムシロップとビールだけでなく、イカの一夜干しとシャケの魚醤燻製も多くを出せるように準備している。

前回の出荷ではイカの一夜干しとシャケの魚醤燻製の試供品を出している。手紙ではかなり好評だと返事があり、次の取引では多くを仕入れたいと申し入れがあった。

イカの一夜干しとシャケの魚醤燻製が売れることで、デデル領の漁業はより発展するだろう。この冬は仕事があると、いつもより活気づいている。そしてフォルバス家の財政を支える柱の一本になってくれるはずだ。絶対に成功させたいと、キリスは意気込んでいる。ロドニーも同じ気持ちだが、さらに騎士シュイッツァーへの意趣返しもできるのだ。その最初の出荷に立ち会えないのは残念ではあるが、貴族として今回はエリメルダの護衛を優先した。


ロドニーたちはエリメルダの護衛をし、バッサムに到着した。バニュウサス伯爵家の大鷲城は今日も大きかったが、雪を被ったことで無骨さが和らいだようにロドニーには見えた。

相手が皇女ということもあり、バニュウサス伯爵がエントランスの前まで出迎えに来ている。

「某、ザバルジェーン領を治めます、アデレード＝シュナイフ＝バニュウサス、爵位は伯爵にございます。ようこそおいでくださいました、エリメルダ殿下」

「バニュウサス伯。お世話になります」

バニュウサス伯爵はロドニーにも短く声をかけた。今はエリメルダの歓待が優先なので、ロドニーも不満はない。

その日はバニュウサス伯爵家に逗留《とうりゅう》することになり、夜はエリメルダを歓迎するパーティーが催されることになった。パーティーがあるとは思っていなかったので、服をどうしたものかと頭を悩ませることになる。

「そうだ、シーマと一緒にパーティー用の服を作ったんだった！」

すぐにハックルホフの屋敷に領兵を走らせ、服を持ってきてもらった。その服に袖を通すと、ややきつい。

作ってからの時間が空いたことと体が成長したこと、そして日頃鍛えているために筋肉が発達したためだ。

「ないよりはマシか……」

やや無理をして着込んだ服で、パーティーに参加する。

北部の領主たちが一堂に会したかなり大規模なパーティーだ。ただ、どの貴族も大急ぎで参集したようで家臣の数が少ない。

その中にメニサス男爵の姿はない。絶縁しているバニュウサス伯爵家から使者が出ることはないし、他の貴族からも連絡はなかった。

メニサス男爵と血縁関係にある北部貴族はそれなりに多いが、今はバニュウサス伯爵の顔色を窺ってメニサス男爵家との付き合いを控えているのだ。

（この雪の中、エリメルダ様との縁を繋ごうとみんな出てきたか。やはり次期王妃となられるお方だから、無理してでも出てくるものなんだろうな）

北部の貴族がエリメルダに挨拶をしていく。とても美しいエリメルダに見入ってしまう貴族もいたが、高位の貴族から挨拶していく。

フォルバス家は騎士爵だから最後のほうだ。ただしエリメルダを助けたこともあり、他の騎士爵家よりは先に挨拶ができた。

「フォルバス卿のおかげでわたくしは無事だったのです。感謝しています」

「もったいなきお言葉」

なんとかパーティーを無事に終えたロドニーは、今にもボタンがはちきれそうな服を脱いで大きく息を吸った。

「空気が新鮮に思えるな」

くすりと笑ったソフィアは、幼い頃からロドニーの裸は見慣れている。それでも最近はかなり逞《たくま》しくなったと目を細め、頬を赤らめた。

「明日は爺《じい》さんのところに世話になるから、ソフィアも気が抜けるぞ」

「私はいつでも常在戦場の心構えにございます」

相変わらずだと思いながら、ロドニーはベッドに横になった。

脱ぎ捨てた服をソフィアが片づけていると、ロドニーはいつの間にか寝入っていた。ソフィアのそばは安心できて、自然と気が緩むのだ。

バニュウサス伯爵と会談の場が持たれた。昨日はゆっくりと話せなかった。今日も忙しいのだが、わざわざ時間を作ってくれたのだ。

北部の貴族の多くが集まっていることから会談の予定が詰まっているバニュウサス伯爵だが、優先的にロドニーに会ってくれた。

「これで肩の荷が下りました」

何を言っているんだと言いたげな目で見てきたバニュウサス伯爵の次の言葉で、ロドニーは声を失うことになる。

「ロドニー殿には、私と共に王都に向かってもらうぞ」

(なぜっ⁉)

ロドニーが驚愕《きょうがく》していると、バニュウサス伯爵は続ける。

「エリメルダ殿下を保護したのは、貴殿であろう。王都に行かぬわけにはいかぬぞ」

貴族なら王都で縁故を作るのは大事だと理解はしているが、貴族というものが面倒な人種なのも理解している。ロドニーは嫌々ながら、バニュウサス伯爵の言う通りだと諦めた。

ハックルホフの屋敷に移ったロドニーは、だらしなくソファーに座った。

二日後にエリメルダが王都へ出発するまでは、ゆっくり過ごすことができる。堅苦しいのが苦手なロドニーは、大いに気を緩ませた。

「エリメルダ様はどんな方でしたか？」

シーマは海を越えた先の国の皇女様のことが気になって、ロドニーにしつこくどういった人物か聞いた。あまりにしつこいので、途中からソフィアに丸投げしたほどだ。

「ロドニーも大変だったな」

シーマから逃げたロドニーだが、今度は祖父のハックルホフに捕まった。

「異国の姫様だから気を使ったよ」

家も明け渡して不便だった。魚醤燻製工房の建築も急がないといけないが、早く新しい領主屋敷を完成させなければいけないと感じた時間だった。

「ところで、ガリムシロップとビールのほうは順調のようだな」

「ガリムシロップは増産に増産を重ねているし、ビールは最初の頃よりもかなり良くなってきたよ」

「ビールの増産はいつ頃になるんだ？」

「もうそろそろかな。ドメアスもがんばっているし、春か、遅くても夏には今の倍の出荷ができると思うよ」

ガリムシロップと違って、ビールはロドニーが思い浮かべる味にはほど遠い。それでも美味しいものができているのだが、これで満足してはいけないと思っているロドニーの要求に必死に応えようとドメアスたちが試行錯誤している。

「イカの一夜干しとシャケの魚醤燻製も評判がいい。各支店で注文が殺到している」

「そっちは大丈夫だよ。どちらも、作るのにそれほど時間がかからないから」

「うむ。ビールと一緒なら、イカの一夜干しはよく売れるだろうて」

「問題はこれからイカの漁獲量が減ってくることだな。冬から春はシャケの魚醤燻製の生産が主だよ」

「シャケの魚醤燻製もいいぞ。シュイッツァーのところの干物などよりもうまい。あれは本当にいいものだ」

「そう言ってくれると、作っている皆も喜ぶよ」

ゆっくりできると思ったハックルホフの家では、商売の話が多い。ハックルホフが気合を入れて売り込んでくれているのがよくわかる滞在であった。

王都に向かうことになったと、デデル領へ伝令を走らせるのも忘れない。

他にシーマにあれやこれや聞かれ、バニュウサス伯爵の部下から王都までの道程の説明を受けたり、貴族が訪ねてきたりして本当に忙しい日々であった。

特に貴族の相手は大変で、中にはガリムシロップとビールという産業を興したロドニーに嫌味を言う者までいた。そういった貴族がイカの一夜干しとシャケの魚醤燻製のことを知ったら、またうるさいだろうなと苦々しく思うのだった。

エリメルダが王都に出発する日の早朝、ロドニーは頼んでおいた服を受け取った。

「無理を言ってすまなかったな」

「なんとか間に合わせることができて、よろしゅうございました」

成長した体に合わない服を無理やり着てもよかったが、無理を言って職人に貴族用の服を三着頼んだ。普通はこんな短時間でできるものではない。間に合わせてくれた職人に感謝する。

ロドニーがバニュウサス伯爵家に入ると、バニュウサス伯爵は出立準備を整えていた。

「遅くなりました」

「いや、時間通りだ」

やや待つとエリメルダが現れ、バニュウサス伯爵に続いて挨拶をする。

「フォルバス卿が同行してくださるのであれば、心強いです。よしなにお願いしますね」

「はっ」

エリメルダの中ではロドニーの評価は高い。田舎の小さな領地だったことから、宿泊設備は満足のいくものではなかった。

しかし自らの屋敷を提供したり、自国では味わえないような柔らかいパンなど美味しい料理を振る舞ってくれたりと、もてなしてくれた。

特に領主一家が屋敷を出てまで、エリメルダにできる限りのことをしようという意気込みは、彼女の胸を打つ行為だったのだ。


バニュウサス伯爵の家臣団三〇〇名とフォルバス家の領兵一〇名、その他の北部貴族の領兵に護《まも》られたエリメルダ一行は、順調に南下した。徐々に雪の量が減り、雪がなくなった頃に王都へ到着した。

その頃には王家直属の騎士団も加わっており、護衛の規模は八〇〇名になっていた。

「ソフィアは王都は初めてだったな」

「はい。大きな町ですね」

ロドニーが王都へ来るのは二回目で、最初は一〇歳の時だった。その時は王都の大きさに驚きっぱなしで、ただ大きいとしか印象が残っていない。

しかし今は前世の記憶がある。その記憶にある大都市は天を突くほど高い建物が乱立しており、王都が小さな田舎町に思えるほどのものだ。

「しばらく王都に逗留することになるから、王都見物でもするといい」

「そういうわけにはいきません。私はロドニー様の従士ですから」

「それじゃあ、俺が王都見物をするから、一緒にしよう」

「そ、そういうことであれば……」

顔を赤くして頷くソフィアがとても初々しい。


「王城が見えてきたぞ」

大鷲城よりも大きなこの城が、このクオード王国国王が住まうレイドルーク城である。戦いを想定して造られたバニュウサス伯爵家の大鷲城とはまったく違う趣の、豪華な造りの城だ。城壁に至るまで彫刻が施されているその城の中に、王族が住む後宮と、国王が政務を行う行政府がある。

大鷲城でも大きいと思ったロドニーだが、レイドルーク城の広さはその数倍になる。その巨大さ、荘厳さに圧倒される。


城下町の建物の壁は白色で統一されていて、清潔感がある。しかも夜には街路灯が灯《とも》されており、それが白色の壁に反射するようになっていることから王都の夜はかなり明るい。

その街路灯は、生命光石によって灯されており、「光石アイテム」の一種だ。生命光石のエネルギーを利用した道具を「光石アイテム」と呼ぶが、王都には光石アイテムの工房がたくさんあって、職人たちが日々、開発と製造を手掛けている。

ロドニーもいつかはデデル領で光石アイテムを開発、製造したいと思っているが、光石アイテム職人の雇用は法律で厳しく制限されているので簡単ではない。

王城レイドルーク城の門前で全軍が止まる。バニュウサス伯爵家のザバルジェーン領軍とフォルバス家のデデル領軍、そして北部の各領軍がエリメルダを護衛するのはここまでだ。あとは騎士団が王の元までエリメルダを送り届ける。

エリメルダはバニュウサス伯爵とロドニーに謝意を述べて、王城の中へと入っていった。

「肩の荷が下りたと思っているだろうが、まだだぞ」

「陛下との謁見があるのですね」

「そうだ。二、三日のうちに呼び出しがあるだろう」

「承知しました」

フォルバス家は王都に屋敷を持っていないため、王都にいる間はバニュウサス伯爵家の屋敷に逗留させてもらうことになる。

ハックルホフの店と屋敷が王都にもあるが、そこには伯父《おじ》のサンタスが住んでいることから、泊まるとトラブルになりかねない。

サンタスはハックルホフの命令で王都支店の平店員として働いている。以前フォルバス家との絶縁を持ち出したことで、人を見る目のない者に重職は与えられないと言われてのことだ。

ロドニーはガリムシロップとビールを生産し、デデル領に産業を興して富をもたらした。同時にハックルホフ交易商会にも利益をもたらしている。サンタスの目は曇っていたと、誰もが認めることになったのだ。

もっとも、フォルバス家がハックルホフに多額の借財を抱えていたことも事実だ。だからあの時、サンタスが絶縁宣言に及んだのも仕方なかったのではないかと、ロドニーはなかば同情しているのだが、しかし孫煩悩のハックルホフが許さないのである。


バニュウサス伯爵の屋敷に入ったロドニーは、すぐに町へと繰り出した。

生命光石は王都に集まる。貴族から王家に納入された生命光石は、騎士団や軍関係者が使って根源力を得る。だから騎士団員や王国軍の兵士は国内でも有数の力を持っているのだ。

違うセルバヌイの生命光石でも、同じ根源力を得ることもある。場合によっては用意した生命光石が不要になることがある。新兵は毎年入隊することから、そういった者にだぶついた生命光石を使うのだ。

一般的には一〇〇個ほどの生命光石を使用すれば、根源力が得られる。一〇〇個はあくまでも指標であり、個人差がある。そこでよくあるのが、使った生命光石の数を誤魔化す不正だ。嘘《うそ》の申請をして生命光石を懐に入れ、それを外部に流出させて不当に利益を得るということが横行しているのが王国軍なのだ。

そういった生命光石に紛れて、希少な生命光石も流出する。それが故意かどうかは別として、そういうことは往々にしてあるものだ。


さて、ソフィアを連れて町に出たロドニーは、小さな店を虱潰《しらみ》しに訪れた。掘り出し物がないか、見て回ったのだ。だが都合よく珍しい生命光石を見つけることはできなかった。

王都の町を連れ回されたソフィアだったが、二人で歩いているだけで楽しかった。そんなソフィアの目に、可愛《かわい》らしい服のディスプレイが映った。

ソフィアが着たことのないドレス。その華やかな色彩りに目を奪われてしまう。

「見て行こうか」

「え!?」

ソフィアは要らないと断るが、ロドニーは彼女の手を引いて服屋の中に入っていく。

四〇前後の細身の男性店員が出てきて、手をコネる。王都で服を扱っている店なだけあって、ドレスが多くあった。一般的に既製品のドレスが珍しいというのに、これだけの数を揃えている店はデデル領どころか大都市のバッサムにもないだろう。

「ロドニー様、私は――」

「彼女に似合うドレスを見繕ってくれ」

「ありがとうございます」

ソフィアが断ろうとしても、ロドニーはそれを遮る。

（そういえば、ソフィアのドレス姿を見たことないな。彼女ならどんな貴婦人にも負けないはずだ。その姿を見てみたい）

店員がすぐにヒラヒラが多くついたドレスを持ってきて、ソフィアに当ててみる。ロドニーの目には、どんな服でもソフィアに似合った。

「それを買うよ。他のも見せてくれ」

「はい。お待ちください」

「ロドニー様⁉」

「ソフィアは美人だから、どんな服を着ても似合うよ」

「びびび、美人⁉」

「ソフィアもたまにはお洒落《しゃれ》するといいよ。俺はソフィアのドレス姿を見てみたい」

「うっ」

常に男装の麗人然とした服装のソフィアだ。彼女のドレスを着た姿は、幼馴染《なじみ》のロドニーでも見たことがない。ソフィアほどの美人がドレスを着たら道行く人々が振り返ることだろうと、ロドニーはにんまりする。

（本当に美人だよ。俺のお嫁さんになってほしいくらいだ……。この気持ちを素直に伝えられたら、どんなに楽か。彼女のことも真剣に考えないといけないな。でもどうやってこの気持ちを伝えようか？　もし断られたらどうしようか？　ああ、なんてもどかしくて歯がゆいんだ）

「どうかされましたか？」

考え込んでいたロドニーの顔を覗《のぞ》き込んだソフィアの顔が目の前にある。ロドニーは顔を真っ赤にし、なんでもないと誤魔化した。

（問題は俺に気持ちを口にする勇気がないことか。セルバヌイ相手なら、勇気を振り絞って戦えるのにな……）

ロドニーはソフィアのドレスを三着購入した。多少の直しは必要だったが、それはすぐにできた。

「そのドレスを着て帰ろうか」

「えっ!?」

「だって、ソフィアの美しさが際立つもん」

バフンッと火が出たように真っ赤な顔になったソフィアの挙動がおかしい。両手が不自然に動き、ロボットのように足の動きがかたい。

そのソフィアを見て何度も綺麗《きれい》だと言うロドニーは、素直な気持ちを言葉にしただけだった。

店員は若い二人が醸し出す甘い雰囲気に近づけず、遠目に見守った。

店の外で待っていた精鋭領兵のケルドとセージは、ソフィアのドレス姿を見て大きく目を開いた。いつも男勝りに大剣を振っているソフィアだが、ドレスを着たら貴族の令嬢と見間違えるほど美しいと思った。

「よくお似合いです。ソフィア様」

「ドレス姿も美しいですな、ソフィア様」

「あ、あなたたち！」

「ケルドとセージもそう思うか。俺も似合っていると思うんだ。ソフィアは美人だからな！」

「ロドニー様っ！」

ケルドとセージの年齢は五〇前後だ。ソフィアの親よりも年上の世代ということもあって、二人は娘の晴れ姿を見るような目をソフィアに向けた。

バニュウサス伯爵の屋敷にドレスのまま帰ったソフィアの姿は、当然のように他の領兵の目にも留まった。

いずれもソフィアより年上の精鋭領兵たちだが、ソフィアのドレス姿を見て沸いた。日頃のソフィアは剣の鬼のような厳しさのある女性だが、そのギャップに父親や兄のような年齢の精鋭領兵たちはなぜか涙を流すのだった。

その二日後、ロドニーはバニュウサス伯爵と共に登城した。

初めて入った王城は、とにかく広かった。フォルバス家の家屋がいったいいくつ入るのかと、庶民的な考えをするロドニーであった。

謁見の間には、宮廷貴族が居並んでいた。宮廷貴族というのは、領地を持たない貴族のことで、国や大貴族に仕えて俸給を得ている貴族の総称だ。

国に仕えている宮廷貴族は、貴族に仕えている宮廷貴族のことを舎人《とねり》と呼んで差別しているが、これは余談である。

バニュウサス伯爵に続いて謁見の間を進むロドニーは、居心地が悪かった。

北部の貴族の中にもいたのだが、あからさまに敵意を向けてくる宮廷貴族の多いことに辟易《へきえき》する。

バニュウサス伯爵が止まると、ロドニーはその一歩後ろに控えた。格上のバニュウサス伯爵の横に並ぶのは失礼に当たるからだ。

玉座に座る国王はまだ若く、四〇になっていない。威厳はあまり感じないが、気品はある。その横に立つ息子の王太子は、ロドニーより一歳年上の一七歳である。王太子の体の

線は細いが、かなり整った顔立ちをしていて気品があった。

エリメルダはこの王太子との婚約のために、冬の海を越えてクオード王国へやってきた。王太子の評判は悪くない。聡明《そうめい》な人物だとロドニーは聞いている。表情を見る限りでは優しそうな人物に見えた。エリメルダを幸せにしてくれるだろうかとロドニーは思うのだが、それは自分が心配することではないと苦笑する。


国王がバニュウサス伯爵へ声をかける。次にロドニーにも声がかけられ、緊張しながらも卒なく返事をした。

「フォルバス卿の領地では、最近評判のガリムシロップなる甘味料が生産されているとか」

「幸いにしまして、ガリムシロップの量産にこぎつけることができましてございます」

今回の登城にあたってガリムシロップとビールを献上した。

ビールはドメアスたちがこれまでで最高の出来と自信を持つものだ。ビールは試行錯誤をしながら造っている。売るには物足りないものは、倉庫にしまい込んで熟成させている。それで美味しくなるかはわからないが、美味しくなったら儲けものと思ってのことだ。もし熟成させても美味しくなかったら、蒸留してアルコール度の高い酒に加工できないかと二段構えで考えているのだ。

蒸留器はまだ手をつけていないが、そのうち造ろうと思っている。そうなれば失敗作も役に立つはずである。

「エリメルダ殿を救助したフォルバス卿に、何か褒美を与えようと思う。何がいいか？」

ロドニーは断った。最初は断るのが、こういった場合の礼儀らしい。しかし二度目は受け入れる。二度断るのは失礼に当たるからだ。

バニュウサス伯爵からそういうものだと聞かされていなかったら、何も知らない田舎者だと言われて恥をかくところだった。持つべきは頼りになる寄親だと、ロドニーは思った。

同時に、面倒くさい慣例だと思いながらロドニーは答えた。

「もしお許しいただけるのであれば、他領のラビリンスへ入り生命光石を得る権利をいただきたく存じます」

外国でも国内でも、珍しい生命光石は簡単には手に入らない。購入できる場合もあるが、希少な生命光石は滅多にそういう機会に巡り合えないのだ。

ロドニーは自分の強化、そして従士や領兵の強化のために、自領以外のラビリンスにも入りたかったのだ。

「ふむ……」

国王は顎に手をやり、数瞬黙考した。

「王家の直轄領であれば、構わぬ。それでよいな」

「はっ、ありがとう存じます」

王家の直轄領は広く、ラビリンスの数も多い。それだけでも、ロドニーにとってはかなりありがたいことだ。

国王はさらに条件をつけた。ラビリンスを軍で攻略する貴族も存在するが、ロドニーを含めて一〇名まで入ることを許した。ラビリンスは国にとっても資源を得る場であることから、大人数で入られて荒らされては困るのだ。

デデル領には軍と呼べる数の領兵はいないため、この条件はまったくロドニーの障害にならず、すぐに了承した。

無事に謁見が終わり、ロドニーはやっと堅苦しいことから解放されると胸を撫《な》で下ろした。

ただし数カ月後には、再び登城する予定だ。領地を持つ貴族は数年に一回、自領の状況を国王に報告することが義務付けられている。次の夏はフォルバス家も領内の状況をまとめ、報告用の資料を作成し、国王へ報告するために登城することになっているのだ。

二章　廃屋の迷宮六層編

王家の直轄地にあるラビリンスを探索することにしたロドニーたちは、王都からメルダバールという中堅都市の宿に移った。王都の南に位置し、馬車で七日ほどの場所にある都市だ。

このメルダバールには『海王の迷宮』というラビリンスがある。フィールドの多くが海であり、出てくるセルバヌイも海中で活動できるものが多い。

海王の迷宮は海のフィールドということもあり、あまり探索されていない。海中の戦闘になると人間ではセルバヌイに勝てないからで、それでも珍しい根源力（生命光石）が手に入るために少数の騎士によって細々と探索が行われている迷宮だ。

ロドニーが王都に連れてきた領兵は精鋭である。戦力に不安はない。

今回は領兵を一〇人連れてきたが、二人はラビリンス探索はできない。国王の命令でラビリンスに入れるのは、一〇人までと決まっているからだ。

ロドニーとソフィア、あと八人が入れる。荷物の見張りもしなければならないため、二人はその任務に回すことになった。

戦力は槍《やり》を使う者が三人、剣と盾を使う者が三人、大剣を使う者がソフィアを含めて三人、そして片刃の剣を使うロドニー。合計で一〇人になる。

入り口を守っている騎士団員に、国王の勅許を見せると敬礼される。

「フォルバス卿も『治癒』狙いでありますか？」

「そのつもりです」

この海王の迷宮のセルバヌイの生命光石からは、『治癒』という根源力が得られる。読んで字のごとくの根源力であり貴族でも騎士でも多くの者が欲しがるものだが、海のフィールドが邪魔をしていてなかなか難しい。

騎士団員たちはラビリンスに挑戦するロドニーたちの後ろ姿を見送る。

「逃げ帰ってくるほうに俺は銀貨一枚だ」

「バカ野郎。皆そう思っているんだから、賭けにならないだろ」

「それなら俺が生命光石を手にして帰ってくるほうに銀貨二枚を賭けるぜ。へへへ」

暇な職場だからこういった賭けも娯楽として歓迎される。ロドニーたちが怪我をしても、それこそ死んでも彼らには関係ないからできることなのだ。

ロドニーたちがラビリンスの中へ入ると、幅一〇メートルほどの砂浜の先に海があった。その砂浜に打ち寄せる波は、デデル領の海に比べるとかなり大人しいものだ。デデル領の海を知っているロドニーたちにとって、こんな穏やかな海は夏でもお目にかかれないものだった。

しかしこの穏やかな海には凶悪なセルバヌイが住みついていて、死を招く海なのだとロドニーたちは気を引き締める。

砂浜を三〇〇メートルほど歩くと、海を分けるような一本道に切り替わる。幅二メートルほどの石の道だ。

時々波が石の道を越えて反対側へと渡る。それによって道は濡《ぬ》れていて滑りやすい。

細い石の道を少し歩くと海が盛り上がり、そこからセルバヌイの頭部が現れた。三人の盾持ち領兵が手際よく盾を構えて戦闘態勢をとる。

海の中から出てきたのは魚の鱶《ふか》に手足がついた感じの鱶人《ふかじん》というセルバヌイだ。この海王の迷宮の一層を支配している種である。

「鱶だから海中でも活動できて、手足があるから陸上にも上がってこられるわけか。変な奴だな」

「ロドニー様、向かってきます」

鱶人はわざわざ石の道まで上がってきてくれた。道の上ならこれまで戦ってきたセルバヌイと大差ないどころか、鱶人の持ち味が生かせないことからロドニーたちが有利に戦える。

「鋭い牙も危険だが、口から水を吐き出すらしいから気をつけるんだ」

ロドニーの指示で赤真鋼《せきしんごう》の盾を構えた三人が、鱶人との距離を詰める。石の道は狭いことから前に二人、後ろに一人の逆三角形の陣形になった。

デデル領の凍った砂浜で訓練している領兵たちにとって、滑りやすい石の道の戦闘は苦になるものではない。

鱶人が口を開くと、三人は立ち止まって腰をしっかりと落とした。水が放出される。かなりの流量だ。それをセージの盾が受けた。

放水の勢いに押され、セージの足が五〇センチメートルほど地面を滑る。夏は砂浜を走り、冬は氷の上で訓練するデデル領の領兵にとって多少滑った程度で体勢を崩すことはない。これくらいで体勢を崩すようでは、デデル領の精鋭兵と言えないのだ。

鱶人がセージに放水している間に、もう一人が鱶人に取りついて剣で攻撃した。鱶人は鋭い牙で領兵に噛みつこうとするが、赤真鋼の盾を貫くことはできない。

「よし、槍で突け！」

「「応！」」

盾持ち領兵の隙間を縫って槍が突き出され、鱶人に深々と刺さる。

剣と槍の攻撃を受けて鱶人の動きは一気に悪くなり、ケルドの槍がとどめとなって息絶えた。

「道の上にわざわざ上がってきてくれるので、まったく苦戦はしなかったな……。次は根源力のごり押しでいくぞ」

初めてのフィールドだから、色々な戦い方を試すことにしている。その中から最適な戦法を考えていくつもりだ。

次の鱶人はソフィアの『高熱火弾』によって、一瞬で戦いは終わった。胴体に大きな穴が開いた鱶人は、何もできずに塵《ちり》になって消えていったのだ。

「海のセルバヌイだから『高熱火弾』は効果が落ちるかと思ったが、問題ないな。次は皆で『火球』の掃射をしてみてくれ」

次の戦いではロドニーが指示したように、五人の領兵たちによる『火球』の掃射が行われた。

色違いでもルルミルの生命光石から得られる根源力は一種類だけで、デデル領の領兵の多くは『火球』を覚えていることが多い。今回も八人の領兵のうち、五人が『火球』を覚えていた。

『火球』掃射では鱶人にダメージを与えたが、倒せなかった。さらに五発の『火球』を放ったがそれでも倒れず、やむなくロドニーが斬り倒した。やはり鱶人に火属性の攻撃は効きづらいようだ。

それでわかることとは、『高熱火弾』の威力が異常に高いということだろう。

「あとは『土弾』が一人と『風球』が二人。ああ、ソフィアも『風球』を持っているから、今度は四人で攻撃してみてくれ」

次は『土弾』と『風球』の掃射が行われた。予想通り鱶人は六発で倒れた。やはり『火球』は相性が悪いようだ。

「そんなわけで、水系のセルバヌイには『火球』は効きづらいが、他の属性だとそれなりに効くことがわかった」

ロドニーは色々試しながら進んだ。鱶人は大して強くない。いや、デデル領の精鋭領兵からすると弱いが、一般的には強い。これでも中級生命光石を落とすセルバヌイなのだから。

さらに進むと岩の道になった。岩がゴツゴツとして歩きにくい。凹凸に足を取られやすくなり、戦闘が難しくなった。ここからが本番のようだ。

「セルバヌイです！」

岩の道のすぐ横の海が盛り上がって、出てきたのは鱶人。顔を出した瞬間に放水を行った。水がロドニーたちに迫る。盾の防御が間に合いそうにない。

「消え去れ！」

ロドニーのその一言で迫っていた水は消え去った。これは『霧散』を使った防御法だ。領兵たちが驚いて固まってしまう中、ロドニーはソフィアに『高熱火弾』を撃つように指示した。

「『高熱火弾』！」

鱶人は頭を吹き飛ばされて塵になって消えた。

（危なかったな、いきなり放水もあるのか。今後はそれも頭に入れて、対応しないといけないな）

「今、水が消えませんでしたか？」

「あれは俺が持っている『霧散』という根源力だ。俺の切り札だから、誰にも言ったらダメだぞ」

ケルドの質問に答えて箝口令《かんこうれい》を発したロドニーだが、誰かに知られても『霧散』は対策されるような根源力ではないと思っている。

「さて、海の中からの攻撃でも、俺とソフィアの『高熱火弾』があれば問題はない。だが、生命光石が海の中に落ちるのはいただけない。どうしたらいいと思う？」

岩の道の下は海になっていて、かなり深い。落ちた生命光石を拾うのは困難だ。落としたら、それで終わりである。

「残念ながら今のところは、対策らしい対策はないと思います。あえて言うなら、通路に上がってくるのを待つくらいでしょうか？」

ソフィアが答えるが、いい案はない。

「仕方がない。上がってきそうにない鱶人は、俺とソフィアで海の中でも倒すぞ。そんなことで怪我をしたらアホらしいからな」

その方針でさらに奥へ進んだ。通路に上がってくる鱶人はおよそ半数。半分の生命光石が海の中に落ちていった。勿体《もったい》ないが、今のロドニーたちにはどうにもできない。


視線の先に島が見えてきた。その島へと進んでいくとヘビのような体のセルバヌイが現れた。その体は細かく白い鱗《うろこ》に覆われ、体長は一〇メートルはあるように見えた。

「いたぞ、バミューダだ」

このヘビのようなバミューダが、今回の目的のセルバヌイだ。バミューダの生命光石からは『治癒』が手に入る。自分や他人の傷を癒す根源力だが、バミューダの討伐はかなり苦労するため『治癒』を持っている者は少ない。

「銛《もり》を出せ！」

バミューダは通路に上がってくることはないと、資料にあった。そのため銛で突いて通路に無理やり引き上げる必要がある。

ケルドが背負っていた銛を出す。その銛には縄がついており、この銛を刺してバミューダを引き寄せる作戦なのだ。

ケルドから銛を受け取ったロドニーは、構えて狙いをつけた。『怪腕』を発動し、さらに『強化』と『増強』を上乗せする。

上級根源力の『怪腕』に『強化』と『増強』を加えてさらに強化するのは、バミューダの鱗が非常に硬いためだ。本当かどうかはわからないが、放出系上級根源力の攻撃さえ跳ね返すらしい。

海中を縦横無尽に動き回るバミューダを見失わないように、ロドニーは精神を集中する。バミューダが海面から飛び上がったその刹那、ロドニーは銛を投擲《とうてき》した。圧倒的な速度で飛翔《ひしょう》した銛は、バミューダの頭部のやや後ろの鱗を貫き深く刺さった。暴れるバミューダによって、縄が出ていく。

「よし、引っ張れ！」

「「「応っ！」」」

銛の返しが皮もしくは鱗に引っかかったバミューダを、『剛腕』持ちの三人の領兵が引っ張った。

しかしバミューダも簡単に引き寄せられてたまるかと、暴れて海面をジャンプしたり深く潜ったりする。

「気合を入れろ！　日頃の訓練の成果を見せてやれ！」

「「「せいっ！　せいっ！　せいっ！　せいっ！　せいっ！」」」

ザドス、ゲラルド、ゾドフスの三人が、額に汗してバミューダと力比べをする。岩の道が細いため三人しか縄を引けないが、デデル領でも上位の力自慢たちだ。

暴れるバミューダが何度も縄を引き込むが、三人は歯を食いしばって縄を引っ張る。


三人がバミューダと力比べをしていると、鱶人が現れた。

「ソフィア」

「はい。『高熱火弾』」

鱶人にバミューダを引き寄せる邪魔をさせるわけにはいかない。海から顔を出したところでソフィアの『高熱火弾』でその命を散らした。

ロドニーの目的はバミューダの生命光石だ。鱶人の生命光石はついでである。だから鱶人の生命光石が海に消えても、バミューダさえ引き上げられればいい。


三〇分が過ぎたあたりでバミューダの抵抗が弱まった。三人もかなり疲れているが、ここが勝負どころだと感じて一気に縄を引いた。

鱶人も一〇体ほどが『高熱火弾』によって海の藻屑になった。

必死に縄を引いた三人によって、通路に引き上げられたバミューダはなおも抵抗する。その鱗を逆立てると、鱗を礫《つぶて》のように射出する攻撃だとロドニーは予見した。

「盾、構えろ！」

この攻撃をされると、広範囲に被害が出る。バミューダの討伐が進まない要因の一つだ。鱗が射出されるが、盾の展開が遅れた。縄を引いていたザドスに鱗が迫る。

「させるか！　消え去れ！」

ロドニーが『霧散』を発動すると、鱗が勢いを失って地面に落ちた。その隙を見逃さず、ソフィアが盾持ち領兵を飛び越えて大剣を振り下ろす。

キイィィンッと甲高い音がし、ソフィアの大剣はバミューダの硬い鱗に阻まれた。さすがは放出系の上級根源力を跳ね返す鱗だと、ロドニーは感心した。

この鱗の硬さがバミューダ討伐が進まない二つ目の要因である。

巻きつこうとしたバミューダの動きを察したソフィアが飛び退《の》き、そこにロドニーが躍りかかった。

ロドニーの白真鋼剣《びゃくしんごうけん》はバミューダの頭部にめり込んだ。

「うおぉぉぉっ」

ロドニーは『怪腕』を頼りに、さらに力を入れる。踏み固められた砂を刺すようなジャリジャリという手応えと共にバミューダの胴体を両断した。バミューダは生命光石を残して消え去った。

その光景を見ていたザドス、ゲラルド、ゾドフスの三人は勝利の雄叫びをあげたものの、激しい戦いの疲れのため、すぐさまその場に座り込んでしまった。

「水を飲んで、塩を舐《な》めろ。少し休憩したら引き返すぞ」

ロドニーは三人に革袋に入った水を渡し、塩を与えた。

「ロドニー様。バミューダの皮が落ちていました」

バミューダは白く美しい鱗付きの皮を残していた。セージはその皮と生命光石を拾い、ロドニーに渡した。

「この皮は鎧《よろい》に使えそうだな」

「バミューダの鱗付きなので、良い革鎧になるのではないでしょうか」

ソフィアがロドニーの革鎧を造るべきだと言う。

従士や領兵に赤真鋼の装備を与えているのに、ロドニーはまだ安物の革鎧を使っている。本来は真っ先に造るべきロドニーの鎧が、一番後回しにされているのだ。

「考えておくよ」

ロドニーはいつも自分のことを後回しにする。それがソフィアには不満だった。ソフィアだけではない、フォルバス家に仕える者たち全員が不満に思っている。

海王の迷宮を出たロドニーは、騎士に討伐状況を報告した。どれだけのセルバヌイを討伐して、どれだけの生命光石とアイテムを持ち帰ったかを報告する義務を、国王より課せられているのだ。もちろん報告するだけで、得た生命光石とアイテムはロドニーが持ち帰っていい。

それに報告した数以上に、生命光石を持ち帰っていたとしてもわからない。ほとんど意味のないものだ。

「バミューダを討伐されたのですね。しかも皮まで持ち帰られたとは、おめでとうございます」

騎士にそう言われ、運が良かったと返事をする。

しかし討伐したバミューダは一体であり、その生命光石から『治癒』が得られる可能性は限りなく低いと思われた。騎士たちはその内容を王都に送り、王都でもロドニーが『治癒』を得られないだろうと結論づけた。

バミューダの皮は非常に珍しい。その表面は手触りがよく白銀に輝いており、神々しささえ感じるものである。しかも革鎧にすれば、赤真鋼の鎧に近い防御力が期待できる。王家でも過去に手に入れたものを革鎧に仕立てたが、数十年経過した今でもその美しさと強度を保っているほどのものであった。

ロドニーがバミューダの皮を手に入れたと知った貴族たちが買取交渉をしようとしたが、

ロドニーはすでにデデル領に帰った後であった。それでも諦めきれない者は、デデル領へと使者を出したほどだが、手に入れることは叶わなかった。

陸路でメルダバールから王都、王都からハックルホフ交易商会の船でバッサム、バッサムから陸路でデデル領へ帰った。その頃には冬も終わり、領兵たちの赤真鋼装備も全員分が揃った。直後に恒例のラビリンス開きが行われ、領兵たちのラビリンス探索が再び始まったのであった。

デデル領に帰ったロドニーは、キリスに捕まった。エリメルダの護衛で王都まで行き、さらには海王の迷宮まで探索してきたため、二カ月以上デデル領を離れている間に溜《た》まった書類が山のようになっていた。それでも緊急性の高い案件はキリスとロドメルが相談し、予算をつけて対処してくれたおかげで大きな混乱はなかった。

そういった案件を含め、ロドニーの最終決裁が必要だ。すでに進んでいる案件でも、最後にはロドニーが決裁しなければならない。それが領地を治める者の責任である。

旅の疲れを癒す間もなく書類仕事に忙殺されたロドニーが解放されたのは、五日後のことだった。一日当たりの書類数は少なくても、二カ月分を五日で処理したのだからがんばったと自分で自分を褒めるロドニーだった。

「やっとバミューダの生命光石を使うことができるな」

落ち着いたところで、バミューダから得た生命光石を経口摂取した。いつものように激痛に襲われたが、歯を食いしばってジッと我慢すると『快癒』を得た。

「『快癒』？」

『快癒』の使い方が頭の中に入ってきて、さらに『理解』がそれを受け入れる。

この『快癒』は『治癒』の上位根源力であり、上級根源力のさらに上の階級だとわかった。

「まさか最上級とはな……」

『治癒』が怪我を治すのに対して、『快癒』は怪我と病気、さらに毒を治せるものだ。しかも『治癒』は一度に治せる範囲や効果が限られているのに対し、『快癒』は複数を同時に瞬時に回復してくれる。

「まさか『治癒』の上があるとは思ってもいなかったな。これは嬉しい誤算だ」

一般的に医療の知識がなくても『治癒』を持っていれば、国王の侍医になれると言われている。誰もが喉から手が出るほど欲しい根源力なのだが、それが病気や毒まで治す『快癒』を得たというのだからどれほどの需要があるのか想像もつかない。

次は鱶人から得た生命光石を経口摂取し、『高圧水』を取得した。

鱶人からは本来『放水』が得られるが、『高圧水』はその上位の上級根源力だ。『理解』が『高圧水』の情報を深掘りしてくれ、これが意外と使える根源力だと思った。

裏庭に出たロドニーは、『高圧水』を手の平から放出した。岩がガリガリッと削られていくほどの水圧があった。

だが、ここからが本番である。ロドニーは人差し指を岩に向けて、その先から『高圧水』を射出した。その水は直径一〇ミリメートルもない細いものだったが、圧倒的な水圧によって岩を貫通した。

「おおお、これは面白いな！」

「何が面白いの？」

いつの間にか後ろにエミリアが立っていた。ロドニーはエミリアに『高圧水』のことを語って聞かせた。

「お兄ちゃんだけ、いいなー」

エミリアはロドニーだけ王都に行き、さらには海王の迷宮を探索したことを羨ましがっていた。この数日顔を合わせるとそのことを持ち出されて、ブツブツと嫌味を言われていたので辟易していた。そこに新しい根源力を得たためロドニーはまた嫌味を言われるのかと思ったが、そうではなかった。

「新しい根源力を取得したんだから、早くラビリンスに入ろうよ！」

「そうだな。俺も体が鈍《なま》ってきたから、明日はラビリンスの探索をするか」

「やったー！」

エミリアにソフィアへの連絡を頼み、ロドニーは『高圧水』の使い勝手を試し続けた。

結果、水の径《はば》を細くすればするほど、硬い岩がバターのように切れた。

「長距離だと『高熱火弾』だが、近距離は『高圧水』のほうが使い勝手がいい。使い分けできるし、属性も違うから色々な場面で役に立ちそうだ」


ロドニーがベンチに腰を下ろして根源力について思考していると、裏口が開く音がした。

「まあ、これはなんですか!?」

リティが切り刻まれた石や岩を見て、目を見開いていた。

「ロドニー様の仕業ですね！」

「あ、うん。すまん……」

無残な岩の残骸を片づけるように説教されると思ったが、リティはお茶を淹《い》れると言ってダイニングへロドニーを呼んだ。

すぐに温かな湯気を立ち上らせたお茶が出てきて、ロドニーはそのお茶で喉を潤した。

「ロドニー様。ペルトさんの結婚が決まりましたよ」

それは唐突だったが、リティはこの話がしたくてロドニーを呼んだようだ。

「さすがはリティだ。それで相手はどんな人なんだ？」

鍛冶師ペルトは生活無能力者である。そのため嫁を探してほしいと顔の広いリティに頼んでいた。

「はい。今年二八歳になる娘です」

一五歳で成人になるクオード王国において、一〇代の結婚は珍しくない。遅くても二〇代前半で嫁ぐのが一般的で、二八歳で未婚というのは珍しい部類に入る。もしかしたら再婚なのかと、余計ながらもロドニーは尋ねた。

「もちろん初婚です」

「ペルトはその女性を嫁にしたいと言っているの？　無理強いはしてないだろうな」

「無理強いなんてしてませんよ。ペルトがマニカを嫁に欲しいと言い出したのですから」

「ペルトが言い出したのであればいいけど……ん、マニカ？　マニカってあのマニカか？ケルドの娘の？」

「はい。ケルドの娘のマニカです」

精鋭領兵ケルドには三人の娘がいるが、次女と三女はすでに結婚している。残っているのは長女のマニカで、年齢も二八歳くらいだとロドニーは記憶していた。

ロドニーが幼い頃はよく背中におぶわれていたものだ。赤ん坊の時には、おしめも替えてもらった女性である。今でも畑で作った野菜を届けてくれる、ロドニーにとっては親しい女性だ。

マニカは性格が良く働き者なのだが、それでも良縁に恵まれずに今に至っている。今のロドニーよりも背は高いが、他にそういった女性がいないわけでもない。マニカ個人の好みもあるし、結婚は縁ともいうことから、特に理由を聞いたことはなかった。


リティは嫁に行っていない年頃の女性を、日替わりでペルトのところに通わせて身の回りの世話をさせた。

その中にマニカもいて、ペルトの反応が良かったらしい。あとはマニカを毎日通わせてペルトの反応を確認したところで、マニカを嫁にする気があるかと聞いたらしい。

ペルトはマニカを嫁にすると即断即決した。それは気持ちがいいほどの即決だったらしい。マニカもまんざらではなかったようで、ケルドの妻とリティの二人で結婚の話を進めてきた。

「何はともあれ、めでたいことだ。ケルドも安心するんじゃないのか?」

ケルドはロドニーに従い、皇女エリメルダの護衛としてバッサムから王都へ向かった。さらには海王の迷宮と王都を往復してからデデル領に帰ってきた。そこに懸案であったはずの娘の縁談がまとまったというのだから、ケルドも喜ぶものだとロドニーは思った。

「それが、ケルドがごねているのです」

「ごねているのか？　なんで？」

ペルトは真鋼を鍛えることができる数少ない鍛冶師だ。間違いなく手元に残しておきたい人材である。そのペルトに不満があるのかと、怪訝な表情をした。

「ケルドがマニカを可愛がっていて、これまでも縁談を壊してきたからです」

マニカが結婚に至らない原因は、彼女の好みや良縁に恵まれなかったからだと思っていたが、なんと原因は父親だったというのだ。ケルドは長女のマニカを殊の外可愛がっていて、近づく男を執拗《しつよう》に追い回したらしい。

「……あいつ、アホか」

「マニカのことに関しては、アホですね」

ロドニーとリティはため息をついた。

「俺がケルドと話そう」

「お願いします」

ケルド以外は皆が祝福している結婚話である。ケルドさえ「うん」と言えば、マニカは結婚できるのだ。

領兵の詰め所に向かったロドニーは、ケルドを見つけて個室に入った。

「マニカの結婚に反対しているんだってな」

「俺を倒す奴じゃないとマニカは任せられません！」

「いや、お前に勝てる奴なんて、そんなにいないぞ」

ケルドは精鋭の領兵だ。根源力も中級の『剛腕』をはじめ、いくつも持っている。

「根源力は使いません」

「いや、日頃鍛えているお前に勝てる奴なんて、領兵の中にだってそうはいないだろ。素直に、マニカの幸せを祝ってやれよ」

「……とにかくロドニー様のご命令でもマニカは嫁にやりません！」

まったく取りつく島もなかった。

困ったロドニーは、ケルドと長い付き合いのロドメルに相談することにした。

「マニカのことになるとムキになりますからな、ケルドは」

「このままではマニカは結婚できない。マニカがそう望んでいるのであれば俺も何も言わないが、マニカもペルトに嫁ぎたいと言っているんだ。なんとかならないか？」

「そうですな……ペルトがケルドをぶちのめせばいいのですが」

「無茶を言うなよ。ケルドはうちの精鋭なんだぞ」

下級セルバヌイのゴドリス程度であれば根源力を使わず片手間で倒せるケルドに、鍛冶師のペルトが勝てるわけがない。

「もしかしたら、なんとかなるかもしれませんぞ」

ペルトは着痩せするが、鍛冶師なだけあって体は筋肉質だ。少し戦い方を教えたらなんとかなるかもしれないと、ロドメルは言う。そんなに簡単にケルドに勝てるわけがないとロドニーは思ったが、ロドメルは任せろと胸を叩いたので任せることにした。


ロドニーはロドメルと二人でペルトの工房へ向かった。以前来た時はセルバヌイの巣穴かと思うほど散らかっていたのだが、マニカが毎日通い、掃除をしていることでとても整理されていた。

そのマニカもいて、ペルトのために食事を作っていた。

「そんなわけで、決闘してもらうことになった」

「オイラがケルドさんと決闘⁉　そんな無茶な……」

ペルトは絶望した。

「ケルドの癖は某が知り尽くしている。それを教えるから、一発でケルドを葬ってやれ！」

（いや、葬るのはダメだろ。嫁になる女性の父親だぞ）

ロドメルの言葉に心の中でツッコんだロドニーは、とにかく男なんだからやってみろと発破をかける。

「ペルトさん。私のために危険なことをしないで」

マニカはとても不安そうに決闘をしないほうがいいと言った。ケルドの実力を知っているから危険だと止めたのだ。

「いや、君を得るために、オイラは戦うよ」

「「おおおっ！」」

ペルトの男らしい言葉に、ロドニーとロドメルは感嘆した。

「よし、話は決まった。ケルドに勝てるように、鍛えてやる！」

この日からペルトはロドメルに鍛えられた。時間がないので、やることは一つだけ。ケルドの癖を突き、一発で戦いを終わらせることだ。

ペルトのことはロドメルに任せ、ロドニーはラビリンスに入ったり産物の量産化の話を進めることにした。

「燻製工房と屋敷の後は、チーズと酵母パンの工房建設にとりかかりたい。チーズには羊の乳が必要だから、牧場も造る。キリスには財政のやりくりで無茶を言うが、頼んだぞ」

「産業は一時的に多くの出費を必要としますが、その後のことを考えればなんとかするべきと考えております。お任せください」

キリスの頼もしい言葉に、ロドニーは感謝を込めて頷く。

「リティにはチーズ職人とパン職人を育ててほしい。最初は二、三人で十分だ。その二、三人がものになったら、人員を増やすつもりだ」

「美味しいチーズやパンを作ってみせます」

リティも頼もしく胸を叩く。リティは若くないから、職人の育成は急務だ。リティに何かあったら、それこそチーズと酵母パンの計画が遅れることになる。

イカの一夜干しとシャケの魚醤燻製の生産も順調で、材料となる魚醤も増産させている。この魚醤の量産もリティが指揮を執っている。そういったノウハウを後進に伝えてもらい、さらにいいものを作ってくれるリティには本当に頭が上がらないロドニーだった。


ケルドとペルトが決闘する日になった。

ロドニー、ロドメル、他の従士たち、領兵たち、そしてマニカを応援する村の女たちはケルドが負けることに期待し、それを見守るのだった。

「おい、ロドメル。大丈夫なんだろうな?」

「やるだけのことはやりました。それに朝までケルドに飲ませてやりましたので、少しは動きも鈍くなりましょう」

酒の臭いをプンプンさせたロドメルは豪快に笑った。

「お前が飲みたかっただけじゃないのか?」

「ハハハ。そうなんですよ。何か理由がないと妻が飲ませてくれませんからな」

マニカとペルトの話は、従士の妻たちの情報ネットワークによって即日周知のものになっていた。

誰もが二人のことを応援しているため、日頃は酒を飲ませてくれない妻もこの日ばかりは樽《たる》が空になることも気にせずに酒を出したそうだ。それはもう盛大に。


決闘を翌日に控えているケルドは、ロドメルに食事に誘われた。決闘を控えているから食事だけならと誘いに乗ったが、その場にビールとワインが出てきた。

最初は断っていたケルドだが、酒には目がない。目の前で酒をガブガブ飲むロドメルの誘惑に乗ってしまったのだ。最初は一杯だけ。次はもう一杯だけ。さらに一杯。気づけばロドメル以上に飲んでいた。さらに、ロドメル夫妻はケルドを寝かさないように、二人して徹夜の接待をしたのだ。

昨晩、いや、今朝まで飲んでいた酒によって、フラフラのケルドにはペルトが四人に見えていた。

「な、お前、四人もいるなんて、卑怯《ひきょう》だぞ！」

その声を聞いた見物人から笑いが起きた。

「ケルド、ペルトは一人しかいないから安心しろ。決闘を始めるぞ」

足元がおぼつかないケルドを無視して、審判のホルトスが進行させる。

決闘が開始されても、ケルドの目にはペルトが四人に見えていた。

「こうなったら、四人ともぶちのめせばいいんだ！」

それができるだけの実力があるだけに質《たち》が悪い。

ケルドは四人のペルトを攻撃していった。一人、また一人と刃が潰してある槍でペルトを薙《な》ぎ払う。

酔っているとはいっても精鋭の領兵だ。一発でもペルトに当たればただでは済まない。

ペルトは必死に槍を躱《かわ》した。いずれできるであろう、隙を狙って。

「ええい、ちょこまかと逃げやがって！」

ケルドはペルトのやや右側を指差して、男なら逃げるなと吐いた。その光景が滑稽だったので、見物人から笑いが起こる。

それからもケルドの見当違いな攻撃は続いたが、一向に消えない四人のペルトにイラついたケルドが大きく振りかぶった。

「今だ！」

ロドメルの大声に反応し、ペルトが地面を蹴った。一気に間合いを詰めてケルドの横を通り過ぎた。その際、ペルトの木剣がケルドの胴を打った。

「それまで！　勝者、ペルト！」

「「「わ――――っ！」」」

ペルトの周囲に見物人が集まって、祝いの言葉を言う。

そこにマニカが近づいてきた。ペルトは気恥ずかしそうに、頭を掻いて「勝ったよ」と告げる。

「旦那様！」

マニカがペルトを抱き上げて、クルクルと回る。

一七〇センチメートルのペルトが、一八六センチメートルのマニカに抱き上げられる姿がなんともシュールな光景であった。

ロドニーも二人を祝福し、呆然《ぼうぜん》としているケルドに声をかける。

「マニカもやっと嫁に行けるな。頑固な父親を持つと、娘は苦労するぜ」

「……ロドニー様」

「なんだ？」

「酒に酔っていたとはいえ、負けは負け。今回の結果を受け入れます」

「殊勝な心がけだな」

「しかーし！　ロドニー様は人のことを言える立場ではないです！　ソフィア様を早く嫁に迎えたらどうなんですか！」

「なっ!?　おま、え、なに、言ってるんだよ」

「がーっはっはっはっは！　そうですぞ、ロドニー様。ケルドに言う前に、ロドニー様が嫁を取ってもらわねば。のう、リティ殿」

「その通りです。早くしないとソフィアも他の人に取られてしまいますよ」

ケルド、ロドメル、リティの言葉にたじたじになったロドニーは、たまらず逃げ出した。

その先にはソフィアがいて、なぜか彼女の手を取って一緒に走った。


二人が向かった先は、ロドニーが領主になった際に立ち尽くした海岸だった。なぜここへ来たのかは、ロドニー自身でもわからない。それでもソフィアと一緒に海を眺めたかった。

（ここで告白しろ！　男を見せろ、俺！　と思うのだが、なかなか勇気が奮い立ってくれないんだよな……。自分で自分が嫌になるよ、まったく。ソフィアは俺のことをどう思っているんだろうか？　聞きたいけど、怖い。嫌いじゃないと思うが、なんとも思っていないと言われたらどうしたらいいかわからない。きっと落ち込むだろうな……）

「デデル領の海は荒々しいが、俺は好きだ」

「私も大好きです」

それだけ言葉を交わすと、二人はただ海を見続けた。二人の距離が徐々に近づき、肩が触れる。そしてまた見続けた。


ロドメル率いる精鋭領兵の部隊が六層を踏破したのは、ケルドとペルトが決闘した一〇日ほど後のことだ。その中にはケルドの姿もあって、娘の嫁入り道具を揃えるために張り切っていた。

他の領兵も五層や六層に到達していて、デデル領の領兵はかなり力をつけていた。

領兵の状況は次の通りである。

・ロドメル隊：　配下一〇名　五名が六層踏破七層到達　五名が四層探索中
・ホルトス隊：　配下一〇名　五名が六層探索中　五名が四層探索中
・ロクスウェル隊：　配下一〇名　五名が五層探索中　五名が二層踏破三層到達
・エンデバー隊：　配下一〇名　五名が五層探索中　五名が三層探索中
※他に新兵が五名。

ロドメル率いる精鋭部隊が、一歩先んじている状況になっている。ただホルトス率いる精鋭部隊とそこまでの差はない。

ロドメル率いる精鋭部隊が六層探索中に赤真鉱石の鉱床を発見し、フォルバス家の赤真鉱石の在庫はまた増えた。

領兵も増えているし予備も欲しい。装備をさらに造るようにペルトに指示したロドニーであった。

ロドニー、エミリア、ソフィアの三人は、廃屋の迷宮に入った。六層を探索するためだ。自分たちもロドメルたちに負けていられないと、六層へと足を踏み入れたロドニーたちは森の中を探索している。

「ん、これは……」

ロドニーが立ち止まって地面を見ると、エミリアとソフィアも何かと地面を見た。白い花をつけた植物がそこにあって、ソフィアが綺麗と呟いた。

「これはバラムという薬草じゃないか？」

書物で見たことがあるが、うろ覚えだ。帰ってから調べることにしたロドニーは、バラムと思われる植物を摘んで麻袋に入れた。

「それはどんな効果のある薬草なの？」

「うろ覚えだから間違っているかもしれないが、心の臓の病に効くはずだ」

バラムは珍しい薬草で、ラビリンスからしか産出しない。もしこの植物がバラムであれば、欲しいと言う医師は多いだろう。

さらに進んでいくと、セルバヌイが現れた。そのセルバヌイは巨大な戦斧《せんふ》を持った体長六メートルの一つ目の巨人だ。

「ロドニー様、ボロックです」

ボロックのほうもロドニーたちを発見し、森の木々を薙ぎ倒して近づいてくる。

「お兄ちゃんは見ていて」

「大丈夫か？」

「エミリア様は私がお護りします」

「大丈夫だって」

エミリアとソフィアが飛び出した。

ボロックの戦斧をソフィアが赤真鋼の大剣で受けると、その衝撃でソフィアの足元にクレーターができた。『剛腕』を発動していることで、ボロックの馬鹿力を受け止めることができたが、恐ろしい力だ。

「ヤァッ」

ソフィアに戦斧を受け止められたボロックの動きが止まり、そこにエミリアが斬りかかった。

赤真鋼の細剣が、カミソリのようにボロックの分厚い皮膚を切り裂く。骨は断ち切れていないが、細剣は両足の腱《けん》を確実に切った。

立っていられなくなったボロックが、地面に尻もちをつく。

「はぁぁぁっ！」

ソフィアの大剣がボロックの首を断ち斬ると、ズルリと頭部が落下した。

ボロックが消え去り、生命光石を残す。

「お見事」

まったく危なげなく二人はボロックを倒した。おそらく一人でも倒せると思うが、そこまで冒険する必要はない。

三人は危なげなく森を進んだ。時々バラムと思われる植物を発見し、回収する。


木々の間を縫って開けた場所に出ると、そこには湖があった。かなり広い湖で、一周するのにかなりの時間を要するものだ。ある理由があって、この湖の周辺は探索されていない。発見されていない薬草や真鉱石の鉱床があるかもしれないから、ロドニーたちは湖の周囲を探索することにした。


湖畔を探索すると、すぐに黄色の花をつけた植物を発見した。ロドニーの記憶が確かなら、葉の部分が滋養強壮剤になるショカンという薬草だ。

「この六層は薬草が多いのかもしれませんね」

「そうだといいな。このショカンもかなり貴重な薬草だ。たしか金と同じ価値で取り引きされているんじゃなかったかな。もっとも俺の記憶が確かならだけどな」

ソフィアとロドニーが話していると、エミリアが細剣を抜いた。低い声で警戒を促した。すぐに二人も警戒し、エミリアの視線の先を見た。

「デカいな……」

海王の迷宮で倒したバミューダが可愛らしいと思うほどの巨大なヘビのようなセルバヌイが、水面からその体の一部を出して縫うように泳いでいた。

「あれは引っ張れないな……」

バミューダのように引っ張ろうにも大きさが桁違いで、引っ張る気にもならない。

このセルバヌイの情報は古い資料にあった。ロドメルは湖の主《ぬし》と言っているが、バラタヌスという名がつけられているセルバヌイだ。

バラタヌスの体はヘビのように細長くコバルトブルーの強靱《きょうじん》な鱗に守られており、その頭部は黒光りするゴキカブリという虫の体にそっくりなセルバヌイだ。

「あいつがいることで、湖周辺の探索はされていないんだ。もし近づいてきたら、構わないから『高熱火弾』をお見舞いしてやれ」

ロドニーはバラタヌスを挑発するように、そう言った。

それが聞こえたのか、バラタヌスがロドニーたちのほうを向きゴキカブリのような顔にある赤く光る四つの目が笑ったように見えた。ソフィアとエミリアは体中に毛虫が這《は》いずったような悪寒に襲われ、バラタヌスから目を逸《そ》らした。

「ロドニー様が不用意なことを口にするからですよ」

「そうだよ。お兄ちゃんのせいなんだから、あれはお兄ちゃんが相手してね」

「え⁉」

日頃前に出る二人が、珍しく一歩下がった。水面から見えたバラタヌスの顔が、あまりにも凶悪なものだから――ではなく気持ち悪いからだ。

ゴキカブリはどの家にもいるような黒く動きの速い虫であり、見つけたら女性でも踏み潰すくらいのことはする。しかし目の前にいるバラタヌスのゴキカブリのような頭部は、軽く数メートルはある巨大なものだ。口を守るようにある無数の足がせわしなくキチキチと動くのは、見ていて気分のいいものではない。ロドニーでも鳥肌が立つほど気味の悪い頭部に、二人が嫌悪感を覚えてしまうのも仕方がないだろう。

「なんか、生理的に受けつけないの」

「申しわけありませんが、エミリア様と同じです」

「マジか。俺一人で殺《や》れるかな……？」

とりあえず『高熱火弾』を放ってみるかと、手の平をバラタヌスに向ける。無意識に『強化』『増強』を上乗せして『高熱火弾』を放った。

圧倒的な速度で飛翔した『高熱火弾』は、バラタヌスが回避する間もなく命中した。コバルトブルーのその鱗が爆散し、皮と肉を抉《えぐ》って骨を砕いた。

巨体のバラタヌスでも胴体の一部が消失したら、痛みがあるようでのたうち回った。

「なんだ、意外と通用するじゃないか」

大きさに誤魔化されたかとロドニーは思ったが、それは間違いである。バラタヌスは決して弱いセルバヌイではない。むしろ、かなり強い部類に入る。それだけ『高熱火弾』『強化』『増強』のコンボの威力が高いだけの話なのだ。

かつてこれほどの痛みを感じたことはない。その痛みを自分に与えたあの小僧を許してはおけぬと憤怒の表情に変わったバラタヌスは、飛び上がるかのように水面からその体を出してきた。

いくつかの足に守られるように隠れていた口が開かれると、そこから水の球を射出する。ロドニーはその場を飛び退いて水球を躱した。

水球が着弾した地面が、ジュワッと音を立てて溶けていく。

「溶解液か、顔以上に面倒な攻撃だ」

黒光りする頭部にある足の動きを見ているだけで、攻撃されたわけでもないのに精神的な疲弊を覚える。特に女性にとっては効果覿面《てきめん》だ。そんな頭部のバラタヌスは、溶解弾を連続で放ってきた。ロドニーは徐々に後退していく。

エミリアとソフィアはすでに森まで後退し、木の陰から戦いを見守っていた。

あの頭部への嫌悪感はかなりのものだ。もしかしたら女性に対する精神攻撃が本当にあるのかもしれないと思わせるものだ。

巨大な口から吐き出される溶解液は、ロドニーも浴びたくはなく後退が続く。

これ以上後退したら森に入ってしまうところまで後退したロドニーだが、そこで口元に笑みを浮かべた。バラタヌスを地上に誘《おび》き出すために、あえて後退していたのだ。

「砕け散れ『高熱火弾』！」

反撃に出たロドニーの『高熱火弾』が飛翔する。もちろん『高熱火弾』『強化』『増強』のコンボだ。

今度は警戒していたのか、バラタヌスはその長い体をくねらせて『高熱火弾』を避《よ》けた。

バラタヌスの口元が緩む。だが一発は避けられても、二発、三発と連射された『高熱火弾』を次から次へと浴びてしまい苦悶《くもん》の表情に変わる。触手を忙《せわ》しなく動かし、キチキチと不快な音を立てる。まるで怒りを表しているようだ。

一一発もの『高熱火弾』が命中して、体がいくつものパーツに分断されてしまったバラタヌス。それでもそれぞれのパーツはグニャグニャと動いている。特に顔のある部分は未《いま》だに怒りの表情を浮かべていた。

あまりの気持ち悪さに、エミリアとソフィアは森の中に完全に逃げ込んでしまった。

こんな状態になっても生きているバラタヌスの生命力に脱帽するロドニーだが、そのロドニーに向かってバラタヌスの口が開かれた。

ロドニーへ向かって溶解液が吐き出される。回避できない軌道とタイミングに、バラタヌスの顔が喜色に歪《ゆが》む。

「消え去れ」

溶解液が消え去った。溶解液を放ったバラタヌスが呆然とする。そこに白真鋼剣を抜いたロドニーが間合いを詰めて、気合の乗った斬撃を放った。

「こんな虫を斬るとは思わなかったぜ。いや、バラタヌスか」

バラタヌスの黒光りする頭部が、左右に分かれていく。

それがとどめとなって、バラタヌスは消え去った。

「お兄ちゃん、終わったの？」

「ああ、終わったぞ。しかしあんなセルバヌイがいるなんて、世間は広いな」

資料にもあったし、ロドメルからも頭部がゴキカブリだとは聞いていた。それでもあんなに気持ち悪い虫の顔だとは思わなかった。

「ロドニー様。あの気持ち悪い奴がアイテムを落としました」

ソフィアが拾ってきたのは、背負い袋だった。

「これは収納袋か？」

セルバヌイが落とすアイテムの中には、見た目よりもはるかに多くのものを収納できる収納系アイテムがある。かなり珍しいので、持っている貴族は多くない。


ロドニーがバラタヌスと戦っている頃。

デデル領から離れたデルド領のメニサス男爵屋敷は、酷い有様であった。

「おのれ、フォルバスめ！　おのれ、バニュウサスめ！」

メニサス男爵がバニュウサス伯爵に縁を切られたのは、ロドニーのせいだと思っているのだ。ロドニーが聞いたら、俺は何もしてないと間違いなく言うだろう。しかしこういったことはメニサス男爵がどう思うかなのだ。

思い起こせば、メニサス男爵家が貸し付けていた借金を、ロドニーが完済したことで年間大金貨一〇〇枚以上の収入がなくなった。これがケチのつき始めであると、メニサス男爵は思い込んでいた。


あれは一〇年ほど前の話だ。嵐によって、デデル領に大きな被害が出たことがあった。その際、前フォルバス家当主ベックはバニュウサス伯爵に支援してほしいと申し入れた。同じ北部にあるバニュウサス伯爵家のザバルジェーン領も、その嵐で大きな被害を出していた。バニュウサス伯爵はフォルバス家を支援したが、それは十分なものではなかった。しかも舅《しゅうと》であり頼みの綱のハックルホフも、その時は店や船に被害が出て大変な時期だった。

本来なら王家などに支援を頼めばいいが、それではバニュウサス伯爵の顔を潰してしまう。バニュウサス伯爵も財政が苦しい中でやりくりして支援してくれたのだ。それが足りないといってバニュウサス伯爵を飛び越えて王家に支援の要請はできなかった。背に腹は代えられないとはいえ、やっていいことといけないことがあるのだ。

そこで懇意にしていた北部の貴族家に借金を申し入れた。これならバニュウサス伯爵の顔を潰すことにはならない。同じ北部の貴族が助け合うことは、よくあることだから。

ただし、その貴族家も嵐の被害が大きく、とても支援してもらえる状況ではなかったのだ。

困り果てたベックは、メニサス男爵に借金を頼んだ。傲慢《ごうまん》なメニサス男爵のことは嫌いだったが、他の貴族からは色よい返事が聞けなかったのだ。

メニサス男爵が提示した金利は考えられないほど高かった。それでも他に手段がないためその借用書にサインをしてしまった。それが借金地獄の始まりだった。

毎月のように返済の催促が来るようになった。最初はなんとかなったが、そのうちに家にあるものを売り払った。それでも足りないから、他から借金をして返済に充てることになったのだ。

ハックルホフの店が嵐の被害から立ち直った後は、その支援を右から左へ動かす返済が続いた。

フォルバス家はどんどん貧乏になっていったのだ。

メニサス男爵はフォルバス家から多くの利益を受けていながら、そういったことにはまったく目を向けることはなかった。

ロドニーが借金を完済したことで、自分が利益を得られなくなった。それはロドニーが悪いのだ。本当にそう思っているのである。

嫡子ガキールが召喚して使役に失敗した騎士王鬼をロドニーが退治したことも、それによってバニュウサス伯爵家との間が拗《こじ》れ縁を切られたことも、全てロドニーのせいであり、自分は何も悪くないと思っていた。

ロドニーのおかげで騎士王鬼の被害が最小で済んだ。そう思うべきことだが、騎士王鬼の使役に失敗したことさえロドニーのせいだと見当違いの思い込みまでしている。

もはや正気を失っているとしか思えないような奇行が目立つのが、今の――今までのメニサス男爵なのだ。それでも今まではなんとかなっていたのである。

「あのガキを殺してやる！　どうやって殺してやろうか……そうだ、海の上であれば、あと腐れなく殺せるぞ」

メニサス男爵は見当違いの恨みを抱いて、ロドニーを殺す算段をして実行に移すのだった。

それが自分の身を滅ぼす可能性など、まったく考えずに。

三章 状況報告会と賢者ダグルドール編

「本当に食べちゃうの？」

「お腹《なか》を壊さないか心配です」

ロドニーが湖の主――バラタヌスの生命光石を経口摂取しようとすると、エミリアとソフィアが嫌そうな表情をした。ロドニーがあの黒光りする顔にならないかと心配しているのだ。

「あいつから得られる根源力の情報がないから、経口摂取するしか根源力を確かめる方法がないんだよ」

書物をどれだけ読み返しても、バラタヌスの生命光石に関する記載はなかった。そうなると生命光石から得られる根源力は、経口摂取することでしかわからない。一〇〇個あればエミリアかソフィアでも根源力を得られる可能性はあるが、所持している生命光石は一個しかない。横でうるさい二人を無視して、バラタヌスの生命光石を口にした。苦痛が体中を貫き、冷や汗が噴き出す。以前ならもんどりうっていたが、歯を食いしばって我慢する。

やがて根源力を得たと理解する。バラタヌスの生命光石から得た根源力は『水中生活』であった。『理解』が『水中生活』の使い方を深掘りしてくれる。

『水中生活』は水中でも息ができるようになり、魚のように泳げるものだ。さらに水圧や水温にも適応して、暗い海底でもある程度の視界が確保される。

「それ、戦闘に役に立つの？」

エミリアが首を傾げた。

「戦闘の役にも立つし、隠密行動にも使えるぞ」

「隠密行動？」

「戦争ともなると川を渡ったりするし、海でも活動ができる。城攻めなら水堀の中から城の中に入り込めるかもしれない。やりようはいくらでもあるぞ」

「ほうほう、なるほどねぇ」

（あんまりわかってないな、その顔は）

その後、ロドニーはラビリンスへの出入りを繰り返しながら、夏に王都である領地の報告会のための資料を作成する政務も行った。

「夏の報告会は、ロドメルとロクスウェルを連れていく。そのつもりでいてくれ」

「ソフィアを連れていかなくてよろしいのですか？」

ロドメルがニタニタしながら質問した。早くソフィアを娶《めと》れということである。

「なぜソフィアを出すんだ」

不機嫌な表情になったロドニーは、頬杖《ほおづえ》をついてロドメルを見た。

「今年でソフィアは一九になります。そろそろ本気で嫁ぎ先を考えなければならぬ年頃です。ロドニー様が娶らないのであれば、他の者を考えねばなりません。ロドニー様は、それでいいのですか?」

一般人の婚期は二五歳未満、貴族の場合は二〇歳未満だ。一九歳なら結婚していなくても婚約者がいるのは当たり前の年齢である。

従士は貴族ではないが貴族であるロドニーが娶るとなれば、一九と二〇では大きな違いがある。

「ロドメルは俺の顔を見れば、ソフィアを娶れと言う。少しうるさいぞ」

「先代様がお亡くなりになっておいでなのです。一番年長である某がロドニー様に言わなければ、誰が言いましょうや」

「まったく……わかった、わかった。だから今日は下がれ」

(俺だって考えてはいるんだ。でも、ソフィアにどうやって切り出すか、そこが問題なんだよ。ずっと幼馴染として慕っていたのに、嫁に来てくれなんて簡単に言えないだろ……)

一言、嫁に来いと言うだけなのだが、それができないのである。政務や産業育成のことになるとほぼ即決するロドニーだが、これぱかりはそうはいかなかった。

「さて、どうしたものか……」

「何がですか？」

「っ!?」

いつの間にかソフィアが部屋の中にいて、ロドニーは椅子から落ちそうになるほど驚いた。

「何がどうするのです？」

「あ、いや、なんでもないぞ……うん、なんでもない」

ロドニーよりも二歳年上のソフィアは、とても美しく聡明である。自分のような凡夫に嫁いでくれるのか？　もし断られたらどうしたらいいのか？　なんとも煮え切らない考えを巡らせる。

「そうですか……？」

ソフィアが儚《はかな》げな表情をすると、ドキリとする。妙に意識してしまうロドニーであった。

「ゴホンッ。あの背負い袋を確認した結果を、報告にあがりました」

ソフィアの後ろからキリスが顔を出した。元商人のキリスに、湖の主から得たアイテムの収納袋と思われる背負い袋を確認してもらっていたのだ。

キリスの判断は、ロドニーの予想通り収納袋であった。容量はかなり大きくフォルバス家の倉庫にあったライ麦を収納したところ、二〇トンを収納してもまだ余裕があった。

「保有ライ麦が二〇トンしかなかったためそれ以上は確認しておりませんが、まだかなり余裕があると思われます」

「それは凄いな」

「王家が所有している収納袋並みのものではないかと思います」

「そんなにか……」

この収納袋のことも国へ提出する報告書に記載するべきか迷ったロドニーは、キリスに確認した。

「領主の報告義務は所有アイテムに言及しておりませんので、報告する必要はないかと思います」

状況報告会に報告する義務があるのは、人口、穀物の収獲量、災害とその後処理、従士家の増減、領兵の数、ラビリンスの状況、その他領内で発生した大きなことになっている。

収納袋はラビリンス内で得たが、アイテムの報告は除外事項になっている。ただし六層で発見した薬草のバラムとショカンは報告義務がある。

セルバヌイがランダムで落とすアイテムと、ラビリンス自体が一定量を産出するアイテムでは対応が違うのだ。

「薬草と赤真鉱石については、報告書にまとめなければダメか。そうすると、赤真鉱石を献上品に入れたほうがいいな」

「一〇〇キロほど献上されればよろしいかと」

その流れで状況報告会の話になった。

ガリムシロップとビールは間違いなく報告しなければならない大きなことだろう。この二つの産業で、デデル領は、フォルバス家は潤っているのだから。

逆にイカの一夜干しとシャケの魚醤燻製については、今回は見送る判断をした。まだ工房もできてないのだから、報告は必要ないと考えた。

「バニュウサス伯爵家への借財の返済はどうだ？」

「問題なく用意できます。ご当主様が王都へ向かわれる際に、バッサムで返済していただくのが最後になります」

バニュウサス伯爵家には何かと面倒を見てもらっている。借金のことだけではなく、貴族としての心構えやしきたりなど多くのことで世話になっている。

今のバニュウサス伯爵家当主とは良い関係を築いていると、ロドニーは思っている。その関係はこれからも継続したい。だから借金を完済し、協力する関係であっても依存することのない関係にしたいのだ。

「今後、ガリムシロップやビール、一夜干し、シャケの魚醤燻製の生産が増えていく見込みです。そうなると人手が足りません。そこをなんとかしないといけません」

ガリムシロップはいずれ尻すぼみになると、ロドニーは思っている。材料がガリムの樹液で、加工も煮詰めるだけと簡単なのが理由だ。ガリムさえあれば、他の領地でも簡単に作れる。この国には塩の生産を保護する法はあっても、ガリムシロップの生産を保護する法はないのだ。

あと数年から一〇年もすれば、他領のガリムシロップが出てくるだろうとロドニーは考えている。それを見越して他の産業をいくつも興しているのだ。

逆にビールの生産は簡単ではないため、同じようなものを造るのには時間がかかるだろう。また他領でビールができても味が違うだろうから、差別化はできる。

ガリムシロップは数年で稼げるだけ稼ぐつもりだ。それ以降は未亡人の雇用先として薄利で運用していくつもりでいる。赤字ならそれこそガリムシロップ工房を閉鎖して、その働き手たちを別の産業に投入してもいい。

そういった理由から、ビールを収益の一番柱にしたい。またイカの一夜干しとシャケの魚醤燻製も同じだ。そのためにこれらの産業に資本を投入している。

さらにチーズと酵母パンも同じ考えの下、産業化を進めている。

ロドニーは資料作りや政務、そして産業育成などで、しばらくラビリンスの探索どころではないほど忙しく、エミリアの「暇だ」という言葉も聞き飽きた。

夏の気配を感じ始めた頃に仕事の区切りがやっとつき、エミリアとソフィアの二人を廃屋の迷宮探索に誘う。鈍った体を動かしたかったし、試したいこともあった。もちろんエミリアは二つ返事であり、ソフィアも毎日キリサム流豪剣術の鍛錬に励んでいて準備は万端だ。

久しぶりに廃屋の迷宮に入ったが、あいも変わらず殺気が満ちた空間であった。そんなロドニーたちは、六層の湖の畔《ほとり》までやってきた。

周囲にはセルバヌイの気配はない。湖からもセルバヌイの気配は感じられない。湖の主が一体だけとは限らないが、今のところは姿を見せていない。

「それじゃあ、行ってくる」

「本当に湖に入るのですか？　お考え直しください」

防具や服を脱いで下着姿になったロドニーを、ソフィアが止める。『水中生活』を得たことで、湖に入って湖底を探索するというのだ。

「危なそうだったら、すぐに戻ってくるよ」

「しかし……」

ソフィアはかなり不安な表情をする。もしロドニーに何かあれば、フォルバス家の一大事だ。だから何があるかわからない湖底の探索などしてほしくない。そして何よりも従士という立場ではなく、ロドニーを慕う一人の女性として胸が張り裂けそうなくらい不安なのだ。

「大丈夫だよ。俺には『快癒』があるから」

どんな怪我をしても一瞬で治してくれる根源力は、頼もしいの一言に尽きる。

ロドニーはソフィアの頬に手を添えて、帰ってきたら話があると言いそうになったが、言葉を呑《の》み込んだ。

「無茶はしない。待っていてくれ」

「わかりました。ご武運を」

いい雰囲気の二人は、互いに後ろ髪を引かれる思いで離れていく。

「……私は、完全に無視されてる？」

エミリアが頬を掻きながら呟いた。


ロドニーはサンダルと下着、それから白真鋼剣だけを身につけて、ゆっくりと湖の中に入っていった。

水の冷たさはほとんど感じない。水が体に纏《まと》わりつくが、動きにくいということもない。水が綺麗なこともあるだろうが、視界は良い。肺に水が入ってきても息ができる。不思議な感覚だ。

手で水を掻けば大きく進み、足で水を蹴ればさらに大きく進んだ。走るよりも楽で、かなりの速度が出る。まさに魚のように、進んでいく。

大して時間もかからず、岸から二〇〇メートルほど進んだ。

水面から顔を出して岸を見ると、ソフィアが胸の前で手を結んで心配そうにしているのが見えた。

手を振って安心させようとしたが、そこにセルバヌイが襲撃してきた。

海王の迷宮にいた鱶人のようなセルバヌイだが、体は普通の魚だ。体長はロドニーより小さい一四〇センチメートルほどで、トライデントと言われる三叉《さんさ》槍を持っている。

「海人か」

湖にいるのに海の人。魚人でもいいのにとロドニーは思ったが、この海人は海王の迷宮にもいるセルバヌイだ。

海王の迷宮のセルバヌイが海人と名づけられた以降に、この湖でも見つかったのだろう。水中であれば海でも湖でも構わないようだ。

ロドニーは水中に潜って海人を迎え撃とうと、白真鋼剣を抜いた。

地上とは感覚が違うので、踏ん張りが利かない。慣れるまでに時間がかかりそうだと頭を切り替え、『土弾』を放った。『土弾』は勢いを一気に失って六メートル進んだ辺りで湖底へと沈んでいった。

「うわー、これは考えてなかったな」

水の抵抗を受けた『土弾』が沈んでいくのを見送る時間はない。

猛スピードで迫る海人が、トライデントを突き出した。ロドニーは身をよじってそれを避けた。地上の戦いとはまったく勝手が違い、動きがイメージできない。

（戦いの前に、水中での動きに慣れないといけないのか。予定外だ）

ロドニーは踵《きびす》を返して逃げた。全速力で逃げた。海人が追ってくるが、逃げるだけなら速度はほぼ同じのようだ。

だが海人はトライデントの先から水の矢を放ってきた。危うく当たりそうになったが、なんとか躱せた。

（水の中で水の攻撃ができるのかよ⁉）

だったら自分にもできるだろうと、湖底の岩に摑《つか》まって急停止した。海人は止まれずに、ロドニーを追い越してしまう。

チャンスとばかりに、『水弾』を撃つ。『水弾』の速度はやや落ちたが、振り返った海人の胸に命中して弾《はじ》き飛ばした。しかし、それだけでは海人を倒すことはできなかった。

（かなり威力が抑えられてしまったか。ならこれはどうだ）

今度は『水弾』に『強化』『増強』を上乗せした。先ほどよりも速くなった『水弾』が海人の顔面に命中して、大きく顔を抉った。

それが致命傷になって、海人は消えてなくなった。生命光石が湖底に落ちたので、ロドニーはそれを拾って岸へと向かった。

岸に上がると、タオルを持ったソフィアが駆け寄る。まるで海に出た漁師の夫の帰りを待っていた妻のように、かいがいしくロドニーの着替えを手伝った。

「水の中でも息ができるし、動きもスムーズだ。だけど戦闘は慣れないといけないな」

「戦闘があったのですか？」

「海人が出てきた。『土弾』が全然役に立たなかったので、『水弾』を使ってみたらなんとかなったよ」

もう少し水の中の動き方に慣れれば、湖中でも海中でも戦闘ができるだろうと、ロドニーは語った。また水中でも使える根源力を見極める必要があるとも語る。セルバヌイがいるこの湖では危険なので、デデル領の海で水中に慣れてから再挑戦することにした。

「しかし、海にも危険な魚がいると思いますが……」

人を襲うことがある鱶は滅多に浅瀬に出没しないと、漁師から聞いたことがあるのを思い出した。

「鱶のことだろ。そんなに沖へは行かないから、そこまで危険はないはずだ」

地上に帰ったロドニーは、海に入って使える根源力を確認した。同時に水中でも剣の戦闘ができるように訓練した。

『水弾』は使えるが、威力が落ちる。『高水圧』も使えたが、これは元々射程が短いので接近戦用だ。

全く使えなかったのは『火弾』で、一瞬で消えてなくなった。『高熱火弾』は速度と威力が大きく減衰するのを確認した。さらに『高熱火弾』を撃つと、周囲に大量の気泡を撒《ま》き散らすから視界を遮ってしまう問題がある。

意外と使えたのが、身体強化系の根源力だ。『怪腕』は海底の岩を持ち上げ、『加速』は泳ぐ速度を速くしてくれる。おそらく『金剛』のような防御系の根源力も問題なく使えるだろう。

遠距離攻撃がかなり弱くなったと感じたロドニーは、水中用の遠隔攻撃を開発することにした。

最初は『土弾』と『風弾』を『結合』してみた。土の弾に風の膜を張ったのだ。水中を回転しながら土の弾が進むことで威力は上ったが、射程の短さは相変わらずだった。

次は『土弾』に『水弾』を『結合』したが、これもぱっとしない。

『土弾』が水中では相性が悪いのだと思い、『水弾』と『風弾』を『結合』してみた。その結果、水の弾の速度が上がり、威力もかなり上がった。海底にあった岩を『風力水弾』が貫通したのだ。水の弾を風で加速させるようにイメージしたのが良かったようだ。

この『風力水弾』は地上でも十分に使える遠距離攻撃手段だった。『高熱火弾』に威力は負けるが、飛翔速度は『風力水弾』のほうが上だった。

水中で体を動かす訓練も続けていて、地上と変わらない動きができるようになった。

その間に五層を探索していた中堅領兵たちも六層に到達し、薬草類を持ち帰るようになった。これがかなりの金額になりキリスの顔が緩みっぱなしになっていたが、ロドニーは見ないことにした。


ロドニーは再び六層の湖に挑戦することにした。

訓練のおかげで、海人相手なら引けを取らない。身体強化系の根源力を使わずに勝てるまでに動けた。そんなロドニーの前に、なんと神殿が現れたのだ。

「こんなものが湖底にあったのか……」

六層の湖の底にある神殿は、石造りでかなり大きな建物だった。

その周辺に海人が群がっていて、ロドニー一人で相手するのはさすがに大変そうだと思った。

ロドニーには神殿に見えるが、もしかしたら海人の城なのかもしれない。そう思わせるほど、海人の姿が多くある場所であった。

岸に戻ってそのことをソフィアとエミリアに話すと、エミリアが興奮した。

「きっとお宝がたくさん眠っているんだよ！」

「可能性はありますが、現状ではロドニー様しか水中で戦闘ができませんので、その神殿に入ることはできないでしょう」

船を持ち込んで湖に出ることはできるが、神殿は水深五〇メートルほどの湖底にある。現状では、どう考えてもロドニー一人しか向かうことができない。

エミリアも湖底神殿へ行きたいと思うが、さすがに五〇メートルも潜ることはできない。悔しいが、今は諦めることにした。

「お兄ちゃん。私も水の中で動けるようにしたい」

「たしか『水呼吸』という根源力はあったが、俺が持っている『水中生活』のように至れり尽くせりではないぞ」

「それでもいいから、欲しい！」

ロドニーは『水呼吸』の根源力がどこで手に入るか、調べると約束して地上に戻った。

エミリアが欲しがった『水呼吸』の生命光石は、中央部のラビリンスから産出されることが判明した。生命光石を落とすセルバヌイは、泥人形という体が泥でできた人型である。

そのラビリンスは王家の直轄領にあり、ロドニーであれば探索が可能だ。

「お兄ちゃん、行くよ！」

「いや、待て。俺は王都で状況報告会があるんだぞ」

「じゃあ、その後で行くよ！」

こうなったエミリアはもう止められない。ロドニーはため息をついて、状況報告会の後にそのラビリンスに向かうことを約束した。

「それなら私も王都に行かないといけませんね。その後にラビリンスに入るのですから！」

同行予定のなかったソフィアも王都へ向かうと言い出した。ロドニーがラビリンスに入ることから、止めても止められるものではない。

結局、従士はロドメルとロクスウェル、そしてソフィアが王都行きのメンバーになった。

「あらあら、それなら私もついていこうかしら」

エミリアが王都に行くと聞いた母シャルメも、ついていくと言う始末。遊びではないとなんとか説得したが、ロドニーたちが王都に行っている間はバッサムに里帰りすることになった。

デデル領に残る従士のホルトスとエンデバー、正式に行政官に就任したキリスの三名には面倒をかけるが、大きな領地ではないのでなんとか回せるだろう。

ロドニーは強い日差しを感じられる夏直前に、バッサムへと向かった。

デデル領では小麦が青々と葉を広げ、海岸に近い場所では干鰯《ほしか》の乾燥が行われ、それらの匂いに見送られるようであった。

干鰯は有機質肥料になるもので、これでデデル領の農作物が少しでも増えればと作っている。昨年までは干す場所がなかったが、今年は冬が明ける前から準備を進めていたものだ。

貴族としては少人数のフォルバス家一行は、全員が馬か荷車に乗っての移動である。本来であれば、デデル領から海岸沿いにアプラン領とデルド領を経由してザバルジェーン領に入るのだが、デルド領を治めているメニサス男爵家がバニュウサス伯爵家から絶縁されていることから、デルド領を迂回《うかい》して内陸のリリス領を通った。これにより、本来は一日半でバッサムに到着するものが、三日になってしまった。不便なことだ。

バッサムで逗留するのはハックルホフの屋敷である。家主は王都の店にいるということで不在であったが、その妻アマンが迎え入れてくれた。

ロドニーの母シャルメはハックルホフの屋敷に到着するなり、さっそくアマンとシーマ、その母のテレジアを誘い、さらにエミリアとソフィアを無理やり連れて買い物に出かけた。

王都へは船での移動になるが、出航を待つその間にロドニーはバニュウサス伯爵家の大鷲城を訪問し、借金を完済した。これで晴れて借金はなくなり、ロドニーは清々《すがすが》しい気持ちで王都へと向かうことができる。

「閣下にはひとかたならぬご支援をいただき、本当に感謝しております」

「フォルバス家はロドニー殿の代になり、飛躍された。これからの飛躍にも期待させてもらおう」

「ありがたきお言葉にございます」

バニュウサス伯爵への感謝として、出来たてのビールを贈った。このビールはこれまでで一番良い出来のものだ。バニュウサス伯爵もビールは好きであり、一番良い出来と聞いて目じりを下げていた。

同時にシャケの魚醤燻製も一緒に贈った。

「ほう、これがシャケの魚醤燻製か。市井ではなかなかの人気だとか?」

「おかげさまでどれだけ生産しても需要に追いつきません」

「それは嬉しい悲鳴だな。ははは」

「当家としてもここまで人気になるとは思っておりませんでした」

「当家家臣のシュイッツァーめが、シャケの干物の売り上げが下がっておると、機嫌が悪いそうだ」

「シャケの干物を作りたかったのですが、シュイッツァー殿にけんもほろろに断られ、苦肉の策として燻製を考えたのです。これが大当たりしたようです」

嘘と本当を交えながらシュイッツァーがシャケの干物の生産に許可を出さなかったからこうなったのだと、強調しておく。

もしデデル領でシャケの干物を生産していたら、ブランドイメージは明らかにシュイッツァー家のほうが上だったはずだ。だからデデル領産のシャケの干物はシュイッツァー家のものよりもいくらか値段を下げて売らなければならなかった。

それがシャケの魚醤燻製を生産したことで、干物よりも生産にかかる日数が圧倒的に短くて済む。時間をかけないため量産がしやすく、何よりも値段を抑えることができた。

魚醤を用意したり、燻製する作業が必要だが、時間という一番のネックになるものが短く済むことが燻製の強みだ。そして何よりも、干物よりもうまいのである。

「私はシャケの魚醤燻製も好きだが、イカの一夜干しのほうがビールに合うと思っているがな」

「私も閣下に同意します。ビールにはイカの一夜干し。これに限ります」

「うむ！」

バニュウサス伯爵は配下のシュイッツァーが苦境に立たされつつあるのを、まったく意に介していなかった。それどころかロドニーを応援している様子である。

これも日頃の騎士シュイッツァーの言動のせいだと、ロドニーは受け取った。

やりすぎはよくないが、ある程度騎士シュイッツァーを追い詰める。おそらくなんらかのアクションがあるだろうが、それを無視するつもりでいる。

そのうちに騎士シュイッツァーがバニュウサス伯爵に泣きつくだろう。そこでバニュウサス伯爵の顔を立てつつ、騎士シュイッツァーになんらかの謝罪をさせるのがロドニーの目的だ。

バニュウサス伯爵と面会した二日後、ロドニーは王都へ向かった。バニュウサス伯爵家が治めるザバルジェーン領は広く、いくつもの港がある。多くは漁港で小型の船しか寄港できないものになるが、ザバルジェーン領の南端に大型船が入港できる貿易港がある。次の寄港先はそのルック港で、風にもよるが一日ほどの距離になる。

クオード王国の北限の貿易港であるバッサムを海から見ると、港で多くの人が働いていた。

「やっぱり貿易港は欲しいよな……」

デデル領ではガリムシロップとビールに加え、イカの一夜干しとシャケの魚醤燻製の生産を行い出荷している。今はハックルホフのところのマナスが商隊を率いてやってくるが、この先さらに出荷量を増やそうと思うと船のほうがいいのは明らかだ。

「いつかはデデル領にも貿易港を築いてみせる！」

空を見上げれば、青空にマストが刺さっているように見えた。大きな帆と、帆が受ける風の力を支える太く丈夫なマストだ。

今年の終わりには頼んである大型の漁船が出来上がってくる予定。その船にもこのような大きな帆があるのだろう。早く乗ってみたい。そしていつかは他国へも行けるような貿易用の船を持ちたいと思うロドニーであった。

バッサムを出港して半日ほどで、なんと海賊船に遭遇してしまった。海賊が隠れる入り江や島がない場所だけに、ロドニーでさえ違和感を覚えた。それでも初めて見る海賊船に、ロドニーは少しだけ胸が躍った。

海賊船は貨物船に偽装していたが、不自然に近づいてきたことで貨物船ではないことがわかった。

船長たちはそれを見極めて、海賊船から距離を取るように針路を変えるように命じた。

「あれが海賊船だと、よくわかったな?」

「漁船にしては大型。貿易船にしてはオールがあり、積載量もあまりないように見えます。そういった船をこの辺りで見たことはありませんが、南方の海ではよく見かけます」

クオード王国の西部から南部にかけては、海賊もそれなりに多く出る。そういった場所で海賊と何度も遭遇した経験のある船長以下水夫たちには、海賊船を見分けることは難しくないのだとか。

「逃げ切れるか?」

「難しいでしょう」

ロドニーたちが乗る船は貨物船で、速度よりも積載量を重視した造りになっている。今回も荷物を満載しており、その船速は海賊船よりもかなり遅かった。

「追いつかれるぞ！」

「野郎ども！　戦闘準備だ！　海賊なんぞに、大事な荷物を奪われるんじゃねぇぞ！」

「「「おおおっ！」」」

船長は先ほどのロドニーに対する丁寧な口調とは打って変わり、怒鳴り声を響かせた。

水夫たちが手際よく武器を用意する。ある者は曲刀、ある者は小型の弓を手に取り、海賊船を睨《にら》みつける。

海賊船は帆で風を受けているが、さらにオールまであることから船速はかなり速い。追いつかれるのは時間の問題だ。

「しかしこんなところに海賊とは、珍しいな……」

船長の呟きがロドニーの耳に入った。

「この辺りでは、海賊は出ないのか？」

「西部のほうは隠れられる島があるため多いのですが、ここら辺は隠れる場所があまりないので、海賊は珍しいですね」

近づいてくる海賊船は、真新しい。新手の海賊が北上してきたのかもしれない。このまま海賊が蔓延《はびこ》ればガリムシロップの販売にも関わるため、ここで潰しておこうとロドニーは考えた。

「なあ、船長」

「なんでしょうか？」

海の男らしく日焼けした肌と髭面《ひげづら》の船長は、船長席の前に立ち腕を組んで海賊船の動向を注視している。ロドニーが声をかけても視線をロドニーに動かすことはない。普通の貴族であれば不敬だとか騒ぎそうだが、ロドニーはそんなことを気にしなかった。

「あの海賊船は沈めてもいいのか？」

「そりゃあ海賊船ですからね。沈めるのは構いませんが、どうするつもりですか？」

「これでも貴族だからな。根源力を持っているんだ。俺がやってもいいか？」

「怪我をしても知りませんぜ」

「怪我なんてしないさ」

ロドニーは不敵な笑みを残し、追いかけてくる海賊船がよく見える場所に移動した。距離は二〇〇メートルほどあるだろうか。まだ弓矢の攻撃範囲には入っていない。

海賊船の甲板の上では、曲刀を手にした海賊たちが気勢を上げているのが見えた。その声はロドニーの耳にも届く。

距離が一〇〇メートルほどに詰まる。

「そろそろいいか」

ロドニーは手の平を海賊船に向けて集中した。『強化』と『増強』を乗せた『高熱火弾』

を発動させる。

「弾け飛べ」

静かにそう発した言葉とは裏腹に、派手に膨れ上がった『高熱火弾』は高速で飛翔して海賊船の帆に穴を開け一気に燃え上がる。

『高熱火弾』の業火と速度を見て数秒固まった海賊たちは、燃え盛る帆に慌てて水をかけ始めた。

「船が揺れるから、狙いがつけにくいな」

波がある海上では、船は大きく上下する。海の近くで育ったロドニーだが、船で海に出たことがほとんどない。当然ながら船上の戦闘はこれが初めてだから、当たらないのも無理はない。

「お兄ちゃん、私がやるわ」

エミリアが海賊船に向かって『高熱火弾』を放った。それは海賊船のマストに命中して、周囲の海賊を巻き込んだ爆発の威力でマストをへし折った。

「やったーっ！」

エミリアの『高熱火弾』は、威力こそロドニーには及ばないがその命中率はかなり高い。エミリアは剣だけではなく、根源力の制御にも天才肌を発揮していたのだ。

「俺も負けてられないな」

今回の『高熱火弾』では、『操作』に意識を集中した。その『高熱火弾』はマストが折れて炎上している海賊船の船体に命中し、大きな穴を開けた。

「ありゃー終わったな」

ロドニーたちの後方で観戦していた船長の小さな声が聞こえた。

ロドニーの『高熱火弾』は海賊船の船体を貫通していて、両側に開いた大きな穴から海水が浸水している。海賊船は急速に傾いていき、海賊たちが海に投げ出されていく。

「あ、折れた！　お兄ちゃん、折れたよ。脆《もろ》い船だね」

船首が持ち上がったその重量に、船体が耐えきれなくなって穴が開いた場所からポッキリと折れた。あれは船が脆いのではなく、船体へのダメージが大きいのだと船長は苦笑した。

「船長、海賊はどうするんだ？　引き上げるのか？」

「放置しますよ」

交易商船や旅客船が座礁しているのなら助けるが、海賊を助ける必要はない。助けたはいいが下手《へた》に助けて暴れられても面倒だから、このまま放置すると船長は言う。

ここは一番近い岸から三キロメートルほど離れているが、運がよければ岸に流れつくだろう。ただ泳ぎが達者な海賊でも波の高い海を三キロメートルも泳ぐのは難しいことから、多くは溺れ死ぬことになるとも。

「そうか。背後関係を知りたかったんだが、船長の判断に従おう」

「背後関係？　海賊を支援する貴族がいるとでも思っているのですか？」

「あまり隠れる場所がない以上、海賊が寄港できる港があると思っただけだ。そこまで気にしないでくれ」

「なるほど……だったら、二、三人助けて、その港の場所を聞きますか」

「暴れるかもしれんぞ」

「二、三人ならタコ殴りにしてやりますよ」

この船に乗っている水夫たちは海賊ではないが、海の男たちである。相手が海賊でも恐れず殴り飛ばし、時には殺すことも厭《いと》わない荒くれ者でもあった。


船長の了承を得て、ロドニーは三人の海賊を助けた。

海賊は身ぐるみ剝がされてから縄で縛られてマストに括《くく》りつけられた。

下着一枚の姿の海賊たちは、威勢よくロドニーたちを恫喝《どうかつ》した。

「俺たちにこんなことしてただで済むと思うのか⁉」

「ただじゃなければいくらくれるんだ？　金貨か？　それとも銀貨か？　まさか銅貨なんてケチ臭いこと言わないよな？」

ロドニーは嘲笑《あざわら》うかのように、海賊たちを煽った。

「このガキがっ⁉」

ロドニーを蹴ろうと足を伸ばすが、当たらない。

「喋《しゃべ》る気はないのだな?」

「「誰が喋るかよ!」」

「そうか……仕方ない、あとはバニュウサス伯爵のところで取り調べをしてもらうか」

半日もすればルック港に寄港する。あまり海賊の出る海域ではないらしいが、港を治めているのだから少しは海賊の扱いも心得ているだろう。ロドニーよりはよほどノウハウがあると思われる。

「大人しく話してくれたら、少しは減刑するように口添えしてやったんだが、仕方がないな」

「……本当か?」

「「おい、てめぇ!」」

一人が減刑と聞いて態度を軟化させた。ロドニーはとてもいい笑みを浮かべ、もちろんだと言う。

「俺は喋る。だから減刑してくれ」

「いいとも、減刑になるように口添えをする。だからなんでここで海賊なんかしたのか、教えてくれ」

一人だけ放され、ロドニーたちに囲まれる。二人はうるさいが、そちらは艦長たちが静かにさせてくれた。

「フォルバスって下級貴族が乗っているから、殺せと言われたんだ」

「ほう、俺を殺せと？　誰が命じたんだ？」

「め、メニサスって奴だ。隠し港を用意して、新造船もくれたんだ」

（おいおい、メニサスってメニサス男爵じゃないのかよ。あの人、何をしてるんだよ）

「お前たちはメニサス男爵の支援を受けていたと言うのだな？」

「へ、へい。船長がそう言ってました」

海賊たちはメニサス男爵の支援を受けて私掠《しりゃく》行為をしていた。

隠れるところがない北部に海賊が現れたことに、違和感を覚えたところから確めたら大変な話が出てきてしまったと、ロドニーは頭を搔いた。

（俺、メニサス男爵に何かしたっけ？　借金を返しただけだよな？　滞納するよりよっぽどいいと思うんだけど、それ以外に何もしてないよな？）

海賊の話が本当であれば、メニサス家は罰せられること間違いないだろう。何よりもバニュウサス伯爵家が黙ってはいないはずだ。下手をすれば内乱になりかねない話である。

メニサス男爵をこのまま放置するわけにもいかないロドニーは、ルック港で海賊をそこの領兵に引き渡した。この話はすぐにバニュウサス伯爵の耳にも入るだろう。

ロドニーはバニュウサス伯爵へ手紙を認《したた》め、海賊と共に領兵に渡した。

この話はバニュウサス伯爵家でも調査が行われるだろう。本当にメニサス男爵のデルド領に隠し港があれば、言い逃れはできない。

海賊が帰ってこないことで、隠し港が破壊されたら証拠がなくなってしまうから時間がカギになる。そう領兵に言い含めた。

「しかし、なんで俺を殺すように命じるんだよ？　メニサス男爵と断絶しているのは、バニュウサス伯爵だろ？　俺は借金以外にメニサス男爵との繋がりはなかったはずなんだがな？」

「本人が知らないところで恨みを買うものです。ロドニー様にとって些細《ささい》なことで記憶にも残らないことが、メニサス男爵には気に入らなかったのでしょう」

「ロドメルも俺に恨みを持っているのか？」

「ハハハ。ありますぞ。それも二つ。聞きますか？」

「……一応、聞いておこうか」

なんとなく予想できるが、従士長ロドメルの不満は解消したい。

「一つ目、ラビリンスに少人数で入るのは、そろそろおやめください。一層や二層くらいなら、ソフィアがいれば何も言いませんが、さすがに六層ともなると危険です」

それは家臣として当然の要望だった。もしロドニーの身に何かあったら、という気持ちがわかるだけに、善処すると言う。

「二つ目は聞かなくてもわかる気がするんだが」

「わかるのであれば、話は早い。早く嫁取りを。我ら家臣一同の願いです」

やっぱりかという気持ちで、ロドニーは聞いていた。ただ家臣たちの想いは理解できる。だからといって、すぐにどうこうできる話ではない。


海賊騒動があったことで予定より一日遅れで王都に到着したロドニーは、下級貴族が利用する宿に入った。この時期は各地から貴族が集まってくるため、事前に宿が割り当てられているのだ。

宿に入ったその日に、ロクスウェルを使者にして城に到着の報告をした。そこからどれだけ待たされるかわからないが、一日や二日で呼び出しがあるとは思っていない。

到着の翌日に、ロドニーはハックルホフ交易商会を訪れた。伯父《おじ》のサンタスがいることから本来は避けるのだが、今は祖父のハックルホフが王都の店にいるから顔を出した。

「エミリアーッ！」

ハックルホフがエミリアに飛びつこうとして華麗に避けられ、顔面から地面に着地した。

「酷いじゃないかエミリア」

「私はもう子どもじゃないのよ、お爺ちゃん」

「何を言うか！　エミリアは永遠の一〇歳じゃーっ！」

わけのわからないことを口走って、またエミリアに抱きつこうとする。ロドニーはそのハックルホフの頭を鷲掴みにした。

「いい加減、年を考えろよ。爺さん」

「えーい、離せ！　離すんじゃ！　後生じゃから離してくれ！」

「エミリアに嫌われるぞ」

「むっ!?　それはダメじゃ！」

「だったら抱きつくのはやめろ」

「むむむ……仕方がないか……」

血の涙を流して諦めようとするハックルホフに、ロドニーはそこまで断腸の思いじゃないだろと、呆れるしかなかった。


やっと落ち着いたハックルホフと店の奥でお茶を飲む。

「なあ、ロドニー」

「何？」

「ロドニーはいつワシにひ孫を見せてくれるんだ？」

「ぶふっ」

「あー、それねー。早くソフィアに結婚を申し込めばいいのにねー」

エミリアからのアシストがあり、ハックルホフの目が鋭く光る。

「従士のソフィアだな。我が孫ながら、目のつけどころがいいじゃないか。で、いつ結婚を申し込むのだ？」

「結婚も何も……」

ゴニョゴニョと口ごもるロドニーに、ハックルホフは追い打ちをかける。

「ワシももう長くないのだ。早くしてくれないと、あの世から化けて出てやるからな」

それは勘弁してほしい。ハックルホフに、わかったから化けて出るのはやめてくれと言う。

店を出たところで、ハックルホフくらいの年齢の老人と目が合った。白髪頭のその人物は細身だが、老人とは思えないオーラを纏っている。その老人がふらつき、ロドニーが受け止めた。とてもふらつくような人物だとは思えないが、つい受け止めてしまった。

「これは失礼」

「大丈夫ですか？」

「この年になると、ちょっとした段差に躓《つまず》くもの。すまんかったの、若いの」

（そんな軟《やわ》な鍛え方をしてないでしょ……？　いったい何者なんだ？）

「体調が悪いのではなく、良かったです。足元には気をつけて」

あえてそう言葉をかけ、ロドニーは腕を離した。

「お爺ちゃん、気をつけてね～」

「ははは。そうするわい」

ロドニーとエミリアは老人がハックルホフの店に入っていくのを見送った。老人は店の目立つ場所に置いてあるビールの樽の前で、店員を呼ぶ素振りを見せた。

あのような老人でもビールを買ってくれる。嬉しいことだと、その背中に顎を引いて礼をする。何者なのか気になったロドニーは、店の裏から入り直して店員に老人の素性を聞いた。

「あの方は時々お酒を買いにみえるお方ですが、掛け売りではないですし、ご自分でお酒を持ち帰る方なのです。お名前までは存じあげません」

素性はわからないが、ただ者ではない。


国王への状況報告会は、王都に到着してから七日後に行われた。この時期、国王は各地の貴族から状況報告を聞くことから日程が詰まっており、申請してから七日も待つことになった。

これがバニュウサス伯爵のような上級貴族であれば、そこまで待たなかっただろう。下級貴族の悲しき現実である。

「――このようにガリムシロップの販売によって、当家の財政は改善いたしてございます」

国王の他に大臣級の重職者が顔を揃える場で、ロドニーはデデル領とフォルバス家の状況を説明した。

指定されていた資料は五名分。国王の他に大臣二名、将軍二名分だったのだが、ここには国王以外に九名の重鎮たちが顔を揃えていた。

バニュウサス伯爵は資料を最低でも一〇名分を用意しておくようにとアドバイスしてくれた。そこでロドニーは一五名分の資料を用意しておいたが、それが功を奏したようだ。五名というのは最低限の数なのでそれを真に受けていたら批判されるところだったと、胸を撫で下ろしたロドニーであった。

政治の場ではこういうことはいくらでもあると、バニュウサス伯爵は言う。ロドニーには納得も理解もできないことだが、それが政治の世界なのだと受け入れるしかない。

「フォルバス家は税収の他にガリムシロップとビールの生産によって、収益が大幅に伸びておるようで何よりだ」

国王がそう言うと、大臣の一人が口を開いた。大きな鼻が特徴の、髪がない老人だ。事前に調査した資料によれば、コードレート大臣である。注意するべき最たる者だとバニュウサス伯爵から聞いていた人物だ。

「財政に余裕ができ、兵士の数も増えておりますれば、普請をしてもらってはいかがでしょうか」

普請とは公共工事のようなもので、その費用は命じられた貴族家が全額負担することになる。

借金はなくなったが、それでもそこまで多くの貯《たくわ》えがあるわけではない。そのフォルバス家に普請を命じようとは、この大臣は情報通り要注意人物だとロドニーは思った。

「フォルバス卿は先代が戦死して代替わりしたばかりだ。普請はもう少し先でもよかろう」

国王のそのひと言で、ロドニーは普請を命じられずに済んだ。だが、コードレート大臣の顔はしっかりと覚えた。フォルバス家にとって誰が害悪で誰が無害なのか、見極める必要がある。

この国の大臣には、財務大臣や国土交通大臣などの固有の大臣は存在しない。四名の大臣が全ての役所を所管して管理しているのだ。

もちろん各省にはそれぞれのトップに当たる役職があり、大臣はその者たちから政策案の提案や専門分野の説明を受けて政治を行っている。

また大臣から独立している部署がある。それは軍部だ。国軍と騎士団は国王の直轄の武力行使組織なので、大臣でも一切口出しできない。というのが名目上あるのだが、実際には軍部にも口を出すのが四大臣であった。

「某からも質問したい」

軍服がはち切れるほど大柄なドコワイスキー将軍が、ロドニーに質問する。歴戦の猛者《もさ》と言うべき風貌の人物だが、それが見掛け倒しだとロドニーは感じた。纏っている雰囲気というか、オーラのようなものがロドメルなどに比べると全然ないのだ。

その点、ドコワイスキー将軍の横に座っている人物の存在感は半端なく、先ほどからロドニーの肌が粟《あわ》立って収まらない。まるでこの場を支配しているかのような圧倒的なものだ。

その人物こそ、このクオード王国最強と名高い騎士団長ファルケンである。その金髪がオーラによって逆立っているように、ロドニーには見えた。

そしてもう一人。国王に一番近い場所に座る、まるで存在感のない年老いた人物。存在感がなさすぎて、逆に不気味な人物である。騎士団長も恐ろしい人物だが、この老人のほうが恐ろしいとロドニーは感じていた。

しかもこの老人は、ハックルホフ交易商会でビールを購入していた人物であった。あの老人が、国王に最も近い場所に座っている。その事実からある人物の名が想像できた……。

「デデル領の領兵は、赤真鋼の装備を配備していると聞いている。それに相違ないかな?」

ドコワイスキー将軍の質問に、ロドニーは淀《よど》みなく答える。

「はい。我が領は人口が少ないことから、領兵であっても貴重な人的資源だと思っております。幸いにしてラビリンス内で鉱床を発見しましたので、それを使って装備を一新させましてございます」

「この資料にも、領兵は四五名とある。たしかに少ないな」

領地持ちの貴族には、家格によって最低の領兵数が決められている。出兵の命令があったら、その兵数の半数を率いて戦場に赴かないといけないのだ。

ロドニーのフォルバス家は騎士爵であることから、設定されている領兵の数は三〇名である。四五名は騎士爵としては多いが、国軍を預かる将軍からすればないに等しい数だった。

「最北ということもあり、デデル領の人口は一二〇〇名ほどですか。人口に対して領兵の数はやや多いようですね。ガリムシロップなどの利益があることから、多めの領兵を養えているというところでしょうか」

小柄な大臣が資料からロドニーに視線を移した。

デデル領の人口は前回の状況報告会から増えているが、実際にはこの一年ほどの増加だ。

ロドニーは領主屋敷を建て替えていると説明して、職人の弟子になる者や建築現場で働く職人たち、酒場などで働く者たちが増えたと説明した。

いくつかの質問があってそろそろ終わりと思った時、まるで気配がなかった正体不明の（ある程度の予想はできている）老人が口を開いた。

「若者は海王の迷宮でバミューダを倒し、その生命光石を持ち帰ったと聞いたが、間違いないかな」

この場にいる者で若者と言えるのは、ロドニーだけだ。その人物も含めて、半分以上が

老人で残りも中年以上の人物である。

この正体不明の老人の名はアルガス＝セルバム＝ダグルドール、齢七〇を超える人物である。彼の名はクオード王国だけではなく、周辺国にも知れ渡っているほどの有名人である。

「はい、バミューダの生命光石を持ち帰ってございます。賢者ダグルドール様」

若い頃からラビリンスと戦場でその名を馳《は》せ、ついには国王から賢者の称号を得た人物。今は半隠居状態だが、国王の相談役としてたまに登城しているとロドニーは聞いている。

これまで賢者ダグルドールが状況報告会に出席した前例はないが、何を思ったのかこの状況報告会に出席している。

「して、根源力は得たのかね？」

その質問は、本来であればしてはいけない。しかし根源力の研究者、第一人者として有名である賢者ダグルドールならば許される。それ以前にここは国王の御前であり、あまりに失礼な質問でなければ許される場であった。

「幸いなことに、根源力を得ることができましてございます」

バミューダの生命光石から得られる根源力は、怪我を癒す『治癒』だ。大臣たちはわからないようだが、それを知っていた将軍たちの視線がロドニーに注がれる。

「持ち帰ったのは、たった一個の生命光石だと聞いている。それで根源力を得たのかの？」

「はい、運が良かったようで、根源力を得ましてございます」

「運も実力のうちだ。誇れば良い」

「ありがとう存じます」

「おお、そうであった。若者はどれほどの根源力を得ているのかな？」

一般的に持っている根源力の名は隠すことがあっても、数を隠すことはない。目上の者から聞かれたら即座に答えるべきことだ。だが、ロドニーは即答できなかった。多すぎていくつなのか数えていなかったのだ。

「ハハハ。数えるのに時間がかかるようだな」

「……失礼しました。現在所持しております根源力は二四にございます」

その数にその場の全員が騒然としたが、賢者ダグルドールだけは頷いていた。

生命光石から得られる根源力は、ダブってしまうことがある。そのため、違うセルバヌイの生命光石を経口摂取しても、根源力を得られないことがあるのだ。

また、希少な根源力を『結合』に使ってしまうと、補充できないこともある。白ルルミルなどのように、滅多に発見できないセルバヌイもいる。そのため、ロドニーが所持している根源力は二四種類に留《とど》まっていた。

「バカなことを！　根源力を二四種類も得ている者など、それこそ賢者殿だけだ！」

ドコワイスキー将軍が机を叩き立ち上がり、叫ぶようにロドニーを嘘つき呼ばわりした。

ロドニーはドコワイスキー将軍に反論せず、賢者ダグルドールだけを見つめた。質問者は賢者ダグルドールであって、ドコワイスキー将軍ではないからだ。

「お主には聞いておらぬ。若者と話していたのはワシだ。文句があるのか？」

「い、いえ、賢者殿に文句など」

「だったら黙っていろ。口を出すな。わかったか、小僧」

「こ、小僧……わかりました……」

五〇代のドコワイスキー将軍を小僧と言えるのは、賢者ダグルドールだけだろう。それこそ国王でもそのようなことは言わない。

大きな体を小さくして座り直したドコワイスキー将軍。その光景があまりにも滑稽だったので、ロドニーは笑いそうになるのを我慢するのに苦労した。

「若者は本を開いたのだな？」

「っ⁉」

ロドニーはフォルバス家を継承したあの日の夜のことを思い出した。賢者ダグルドールはあの時の出来事を知っているかのような口ぶりである。

もしあの本のことを賢者ダグルドールが知っているのであれば、あれがなんなのか聞いてみたい。だが、相手は国の重鎮であるドコワイスキー将軍でさえ小僧と言い放てる人物だ。

「ハハハ。答えんでもいい。今のでわかった。おっと、もう時間のようだ。若者は、名をなんと言ったかの？」

「ロドニー＝エリアス＝フォルバスにございます」

「ロドニーだな。お主、ワシの弟子にしてやる。ワシにとって最初で最後の弟子かもしれぬぞ。この年になると、明日の朝日が拝めるかわからぬでな。ははは」

なんとも反応に困る冗談に、ロドニーは笑っていいのかわからず困惑するのだった。

「明日にでもワシの屋敷を訪ねてくるが良い」

賢者ダグルドールの言葉に、大臣と将軍だけではなく国王も驚きの表情を見せた。

気難しい賢者ダグルドールは、これまで弟子を一人も取らなかった。どれほど多くの者が彼に弟子入りを希望したかわからないほどだ。その賢者ダグルドールがロドニーを弟子にすると言ったのだから、驚くのも無理はない。しかもダグルドールのほうからなのだ。

国王たちはロドニーにそれほどの何かがあるのかと、警戒心を一段も二段も上げた。

そんな中にあって一人だけは、反応を見せていない。この国最強と言われる騎士団長ファルケンである。ファルケン団長は最初からロドニーの持つ力を感じ取っていた。横に座るドコワイスキー将軍など、ロドニーに比べればゴミ同然であると。

「陛下。今日は良い日でしたぞ。ははは」

賢者ダグルドールは国王に一礼して、席を立って部屋を出ていった。全員が呆気《あっけ》にとられてしまい、呼び止めることさえできなかった。

ロドニーもいきなり賢者ダグルドールの弟子になってしまい、まったく理解が追いつかない。

賢者の弟子というのは、賢者ダグルドールが後ろ盾ということである。それがどれほど大きな威光となるか、ロドニーでさえ理解できることだった。


状況報告会の翌日、ロドニーは賢者ダグルドールの屋敷へと向かった。エミリアはすぐにでもラビリンスへ向かいたいと駄々をこねたが、賢者のほうを優先しなければならないとわかってくれた。

賢者ダグルドールの屋敷は、伯爵のものとしてはかなり小さいものだ。子爵家の四男だったため、若い頃は平民として暮らしていたこともあり、貴族の虚栄心というものがないのだ。

屋敷の門は開け放たれていたが、警備をする兵士はいなかった。

玄関ドアのノッカーを二度叩くと、老女が出てきた。

「私はロドニー＝エリアス＝フォルバスと申します。賢者ダグルドール様にお目通りいたしたく、お取次ぎ願えませんでしょうか」

「はいはい。聞いてますよ。こちらにどうぞ」

執事が出てくると思ったら、柔和な表情の老女が出てきた。包容力のある品の良いその老女は、ロドニーだけではなくソフィアと三人の領兵も屋敷へ上げ歓待してくれる。

この老女が賢者ダグルドールの妻だと、ロドニーにはすぐにわかった。

「皆さんはこちらでお待ちになってくださいね」

領兵や使用人は屋敷の庭で待つものだが、三人の領兵たちもソフィアと同じ控室に通された。

メイドにお茶を出すように申しつけ、老女はロドニーを案内した。

ある部屋の前で止まった老女は、扉をノックした。部屋の中から「入れ」と短く返事があったので老女は扉を開けてロドニーを促した。

「失礼いたします」

その部屋はまるで書物のための部屋だった。壁のほぼ全面に棚があって、びっしりと書物が収められている。さらに、床やテーブル、デスクの上も書物で溢《あふ》れ返っていた。

「こんなに散らかっていて、ごめんなさいね」

老女が面目ないと謝るが、部屋の主は何も気にしていない。

「お客様なのだから、本を読むのをおやめになってくださいな」

老女は賢者ダグルドールが読んでいた書物を取り上げた。おもちゃを取り上げられたような目で老女に視線を向けた賢者ダグルドールは、なんとも情けない表情だ。

このやりとりを見る限り、賢者ダグルドールは妻に頭が上がらないのがわかった。

テーブルの上の書物を老女が片づけ、賢者ダグルドールとロドニーが向かい合って座った。

「これは妻のメリッサだ」

「メリッサよ、よろしくお願いするわね」

「よろしくお願い申しあげます。奥様」

「そんな堅苦しい話し方は不要よ。祖母にでも話すように接してね」

「ありがとうございます」

挨拶をすると、メリッサは下がった。

「さて、これからはワシのことを師匠と呼べ。良いな」

「私のような者を本当に弟子にしていただけるのですか？」

「ワシがそう言ったのだ。ロドニーはワシの弟子である」

そう言うと、賢者ダグルドールは目を細めた。

「ロドニーはあの本を開いたのだな？」

「あれはいったいなんなのでしょうか？　それにお師匠様はなぜあの本のことを知っておられるのですか？」

「質問を質問で返すでない」

「あ、すみません……。私はあの本を開きました」

あの本のことを正直に語る。隠しても賢者ダグルドールは知っているのだろうと思ったからだ。それに、賢者ダグルドールを敵にはしたくない。

「あの本を開いてから、なんとも不思議なことばかり起こります。あの本のことを私にご教示いただけないでしょうか」

鷹揚《おうよう》に頷いた賢者ダグルドールは、テーブルの上に肘をついて両手で口元を隠す。ロドニーはどんな秘密があるのかと、息を飲んで回答を待つ。

「あれはな……」

「あれは……？」

かなりの溜めがあった。まるで戦場のような緊張感を覚え、背筋が寒くなる。

「さっぱりわからん」

「え？」

ロドニーは呆《ほう》けて固まった。

「あれが何か、ワシにもわからん。ワシが知る限り、あれを使ったのはロドニーで三人目だ」

呆けているロドニーに構わず、賢者ダグルドールは話を進めた。

「お主もわかっていると思うが、あれは凄いものだ。特に根源力を得たいと思う者にとっては、喉から手が出るほどのものだ」

気を取り直したロドニーは、質問をしてもいいかと聞いた。賢者ダグルドールはなんでも聞けと言う。

「私で三人目だとお師匠様は仰いました。一人目がお師匠様だとして、二人目はどなたなのでしょうか？」

一人目が賢者ダグルドールだということは、簡単に想像がついた。だが、二人目はまったくわからない。賢者ダグルドールのような活躍をした者は、他に聞いたことがないのだ。

「ははは。わからぬか？」

「はい。まったくわかりません」

「わからぬことをわからぬままにしないことは、探究者として大事な素質だ」

（俺はいつから探究者になったのだろうか？）

「それはすぐにわかる。どんなことにでも、目と耳と働かせることだ」

勿体ぶっているわけではないようだが、気になった。ただ賢者ダグルドールの口ぶりで、なんとなくだが二人目の予想がついた。

「ワシも若い頃にあれを使った。意識して使ったわけではなく、開いたら気を失い、そして別の世界のことを思い出していた。根源力も生命光石一個で会得できる。お主も経口摂取だな？」

「はい。経口摂取です」

賢者ダグルドールもロドニーと同じ経験をしていた。ロドニーは戦友に出会ったような、妙な高揚感を覚えた。

その賢者ダグルドールに、あの本をどこから手に入れたのかと聞く。

「あれは、その素質がある者のところに自然と現れる。ラビリンスやセルバヌイから得られるものではないし、欲しいと思って探しても見つかるものではない。ワシはそう考えている」

その言葉はスーッと、ロドニーの腑《ふ》に落ちた。

（そうだ……あれは誰かのものではなく、資格を持った者の前に自然と現れるものなんだ。今まで、そのことを知っていたのに、そう思わなかった。ただその資格がなんなのか、それがわからない。そして、誰があれを俺たちにくれたのか……？）

「あの本についてわかっていることは、本当に少ないのだ。通常、生命光石を一〇〇個以上使って、やっと根源力を得る。それが一個だ。たった一個で根源力を得られる。圧倒的な優越だ」

そのおかげでロドニーは二四種類もの根源力を得られた。

「あれはこの世界と別の世界を繋ぐ架け橋となるものだ。ロドニーが望めばワシ以上の栄達を望むことができる。それほどの知識をお主に与えてくれるものだ」

「お師匠様もあの世界の記憶があるのですか？」

「ある。だが、お主とワシの記憶にある世界が、同じとは限らぬぞ」

「っ!?」

「世界は一つではない。二つでも三つでもない。無限に世界は存在すると、ワシは考えている」

それは真理だと感じた。高揚感が全身を駆け巡り、武者震いのように体中を震わせる。

「ワシらが住むこの世界とほんのわずかに違う世界、その世界とほんのわずかに違う世界、そのように少しずつ違う世界が、本の項《ページ》のように重なっているのだと、ワシは考えている」

前世の記憶から、並行世界《パラレルワールド》という言葉が浮かんできた。

「ロドニーよ、お主の世界はどんなところであったのだ?」

ロドニーは自分の記憶にある違う世界の話をした。根源力のような特殊な力はなく、ラビリンスもセルバヌイもない機械文明が発達した世界だ。天を衝《つ》くほど高いビルが建ち並び、馬もないのに走る自動車や電車、空を飛ぶ飛行機などが、ごく当たり前に存在している世界。

「お主の世界は、ワシの知る世界とはかなり違うようだ。ワシのは――」

賢者ダグルドールの世界に根源力はなかったが、魔法という特別な力が世界を支配していた。セルバヌイではないが、魔物と言われる存在が人間の脅威となっていた。魔法を使うには魔力が必要で、その魔力の多い少ないによって魔法使いの格が決められる世界だったようだ。

「とても興味深い話です」

「ワシは機械というものに、興味を惹《ひ》かれたぞ。魔法がないのに高層ビルを建てるなど、尋常ではない」

賢者ダグルドールの話はとても面白かった。自分が持つ記憶とは違う世界まであって、多様な世界があるのだと理解できた。

「それに、お主はワシよりもはるかに早く、食らうことを知った。偶然のたまものであるかもしれないが、それには意味があると思わぬか？」

「意味……ですか？　お師匠様は初めて経口摂取した時期に意味があると？」

「そうだ。ワシが食らうことを知ったのは、あの力を得て一〇年近く経ってからだ」

「一〇年も……その間、お師匠様は根源力を得ることができなかったのですか？」

「そうだ。おかげで体は鍛えたぞ。鍛えて鍛えて鍛えぬいた。幸い、ワシには剣の才能があったからな。大活躍はできずとも生き残ることはできた」

（今では賢者と言われるお師匠様でも、そんな下積みの時代があったんだ。それに比べて俺は幸せだったかもしれないな。すぐに経口摂取に気づけたのだから）

ロドニーは本や根源力のことの質問を繰り返した。

その中で自分とは明らかに違う話があった。

「待ってください。お師匠様は生命光石を摂取しても、その生命光石本来の根源力しか入手できないのですか？」

「何を言っておるのだ？　生命光石から得られる根源力は、普通の者たちと変わらぬぞ。……まさか、ロドニーは違うのか⁉」

賢者ダグルドールは椅子を倒す勢いで立ち上がり、身を乗り出した。よぼよぼとした老人の動きではない。まるで玩具を与えられてはしゃぐ子どものような瞬発力だ。

そこにメリッサがお茶を持って入ってきた。

「まあまあ。何事ですか、あなた。ロドニーさんが驚いているではありませんか」

「メリッサ、それどころではないぞ！　ロドニーは生命光石を食らって得られる根源力がワシらとは違うのだ！」

「あら、まあ。そうなのですね」

メリッサはまるで動揺せずに、お茶を淹れて二人の前に置いた。

「ありがとうございます。奥様」

「もう、堅苦しい喋り方はなしと言ったでしょ。ロドニーさん」

「は、はぁ……。その、なんとも勝手がわかりませんので、すみません」

興奮している賢者ダグルドールを落ち着かせたメリッサは、その横の椅子に腰を下ろした。どうやら、ここからはメリッサも話に加わるようだ。

「間違っていたらすみません。奥様も私と同じように本を開いたのでしょうか？」

「うふふふ。そうですよ。まさか私たちの他に、あの本に関わる方が出てくるとは思ってもいませんでしたわ」

メリッサが二人目なのは、予想できた。もし他の誰かであれば、賢者ダグルドールはその人物を弟子にしていたことだろう。もし弟子にできなかった場合でも、その人物はそれなりの功績を残している可能性が高い。それなのに、まったくそういった人物の形跡はなかった。

もちろんこの世界の全てを知っているわけではない。ロドニーが知らないだけということも考えた。だがメリッサが二人目だと考えれば、二人目の功績が目立たなかったのも納得できた。

メリッサは賢者ダグルドールと共に行動していたのだから、その働きも賢者ダグルドールのものとみなされたのだろう。

それはロドニーに従ってラビリンスに入っているソフィアやエミリアも同じだ。二人が何か発見したり討伐したりしても、それはロドニーの功績にカウントされるのだから。

メリッサの知る世界は魔法も根源力もない、科学がほとんど発達していない世界だ。火薬や鉄砲もなく、大型船を駆って世界を股にかけるような商人もいない。メリッサの前世の文明は、だいぶ遅れているように思われた。

メリッサは賢者ダグルドールよりも先に経口摂取を発見した。メリッサは男爵家の出身で、早くからラビリンスに入っていた。生命光石をどれだけ使用しても根源力は得られず、そんな彼女を親は見捨てた。ラビリンスに一人で入るようになり、食事もろくにとれなくなった。ある日あまりの空腹から生命光石が食べ物に見えたそうだ。口にできるものならなんでも良かったが、それが生命光石だったことが彼女の運命を変えるきっかけになったのだ。


「さて、ロドニーよ」

「はい」

「ワシは魔法が使える」

「え⁉」

「何も不思議なことではないだろ。前世では魔法を使っていたのだ。この世界でも魔法が使えないと思うほうがおかしい」

「しかし先ほどのお師匠様の話では、魔法には魔力というものが必要だったはずです。この世界にも魔力があるのですか？」

「魔力に類する力はある。ロドニーの世界にも類似の力があったかもしれぬな」

「そんな力が……」

「ワシが魔法を使えるように、ロドニーは機械を再現してみるのも面白いかの」

「機械を作るには、多くの知識が必要です。私の持つ知識で再現できないもののほうが多いでしょう」

ガリ版印刷などの印刷技術や蒸気機関程度であれば、作れるだろう。蒸気機関は学校に通っていた頃、似たような玩具を作った記憶がある。

だがダイオードや集積チップのようなものを作るのは難しい。それに代わる何かがあればいいだろうが、この世界にはそんなものがあるのだろうか？

「やってもいないのに、諦めるのか？　ワシは諦めずに魔法を再現したぞ。何も一人でやれとは言っていない。お主はアイディアを出すだけでもいいんだぞ。作るのは職人に任せればいい」

たしかに機械や魔法は便利なものだ。だが賢者ダグルドールがなぜこれほど機械文明の発展に拘《こだわ》るのか、ロドニーには理解ができなかった。

「ワシがしつこいのが、気になるか？」

「いえ……そのようなことは」

「ははは。隠さんでもいい。ワシは乗ってみたいんだよ、その自動車というやつに。面白そうじゃないか、馬もなく、魔法も使わないのに動く自動車。メリッサも乗ってみたくないか？」

「はい、乗ってみたいですね。ロドニーさん、もし自動車を作った時は乗せてくださいね」

この世界の馬車など比べものにならないほど、自動車は乗り心地がいい。それは記憶にある。だがこの世界で自動車を再現などできるのか。

（やらないうちに諦めるな……か。そうだな、何をするにしても、最初から諦めていたら何も成せない）

「弟子よ。心は決まったか？」

「やってみますが、お師匠様が生きているうちに実現するとは限りませんよ」

「ははは。言うではないか。だが、安心しろ。ワシが仮に死んでも化けて出てやる」

「それは勘弁してください」

三人は笑い合った。そして自動車を再現するために必要なことを話し合った。

ロドニーは一〇日ほど賢者ダグルドールの屋敷に通った。エミリアがかなり不満そうだったが、ロドメルなどは積極的に勧めた。もちろん相手が賢者ダグルドールでなければ、ロドメルも勧めはしなかっただろう。

さすがは根源力の第一人者なだけあって、賢者ダグルドールは根源力について豊富な知識を持っており、必要な根源力のアドバイスをしてくれた。

エミリアと行く約束をしたラビリンスについても、別のラビリンスを勧められた。そのラビリンスでは『水呼吸』ではなく、『水中適応』という珍しい根源力が得られるらしい。『水中適応』はロドニーが持っている『水中生活』とほぼ同じ効果の根源力であり、『水呼吸』よりもはるかに役に立つものだ。

四章 オブロス迷宮と水中編

「お兄ちゃん、遅いよ！」

やっとラビリンス探索ができると、エミリアははしゃいでいた。

ここは王国中部にあるオブロス湖という湖の中にあるラビリンスで、オブロス迷宮と言われている。確認されている限りは水辺が多いラビリンスである。

このラビリンスには、ロドニー、エミリア、ソフィア、ロドメル、ロクスウェル、他に領兵のザドス、ゲラルド、ケルド、セージ、ゾドフスが同行している。

オブロス湖の岸からそれほど大きくない橋で小島に渡ると、そこに祠《ほこら》のような建物が佇《たたず》んでいる。それがラビリンスの入り口である。

橋を渡ったところに騎士の詰め所があり、朝だと多くの騎士がそこにいる。今は昼に近いこともあり、騎士の数は少ない。皆、オブロス迷宮に入っているのだ。

騎士に勅許を見せて、ラビリンスに入っていく。ロドニーが賢者ダグルドールの弟子になった噂は瞬く間に王国を駆け巡ったため、騎士たちも知っていて丁寧な対応がされた。

ただし中には敵意を向けてくる騎士もいた。敵意を向ける騎士の中には、賢者ダグルドールに弟子入りを断られた者もいるようだ。

オブロス迷宮の一層は沼地のエリアだった。足を泥に取られて動きにくいが、水中ではないので戦い方はある。

ロドメルは剣も使うが、本来は戦斧の使い手だ。従士としては珍しいタイプだが、戦斧の使い手がまったくいないわけではない。

そのロドメルが背中に大きな戦斧を背負って、一番前を領兵のザドスと共に歩く。

そのすぐ後ろをエミリアと従士ロクスウェルが歩く。頬に傷痕のあるロクスウェルは、エミリアのメリリス流細剣術の師匠である。

従士で細剣を使う者は珍しい。乱戦になると細剣は折れやすいため、あまり好まれないという理由がある。しかし今の二人は赤真鋼の細剣を装備していて、簡単に折れたりはしないだろう。

エミリアたちから四メートルほど離れてロドニーとゲラルド、セージ、ゾドフスが歩く。ロドニーは三人の領兵に囲まれる形だ。これはロドメルの指示で、三人の領兵は何があってもロドニーのそばを離れず、ロドニーを護れと厳命されている。

ロドニーからさらに四メートルほど離れて、ソフィアと領兵のケルドが最後尾を護る。

一行が沼地を進むと、泥牛と言われるセルバヌイが現れた。

泥牛は体高二メートルほどの牛型のセルバヌイだ。その名の通り体が泥でできているため、打撃や斬撃には強い。

攻撃は体当たりが主だが、泥を撒き散らしながら走るため視界が奪われやすいのも特徴だ。

「来たぞ。ザドス、押さえろ！」

盾を装備したザドスが、前に出て泥牛の突進を受け止める。足が泥にめり込んだが、精鋭領兵であるザドスは中級根源力の『剛腕』を覚えていて泥牛の力に負けていない。

動きが止まった泥牛に、ロドメルの戦斧が叩き込まれた。ロドメルの戦斧は、斬撃に強い泥牛の胴体を断ち切った。純粋な力業である。

「ロドメルさん、早いよ。私の出番がないじゃない」

「ははは。すみませんな、お嬢。次はお嬢に任せますゆえ、許してくだされ」

ソフィアを除く従士は、エミリアをお嬢と呼ぶ。幼い時からそう呼ばれているから、まったく違和感はない。

二体目の泥牛はすぐに出てきた。暴れ牛のようにロドニーたちへ向かっていく。

「今度は私と師匠の番だからね！」

「お手並み拝見しますぞ、お嬢」

エミリアとロクスウェルが飛び出していく。メリリス流細剣術は速度が命の流派なので、沼地は相性が悪いと思われる。

そんな二人は泥に足が沈み込む前に足を上げるという走法で、沼地を走った。

「あれ、本当に人間業かよ」

自分では真似できないような足の動きを見て、ロドニーは思わず呟いてしまった。

「ロクスウェル様はメリリス流細剣術の達人ですからわかりますが、お嬢様もまったく負けていないのが凄いですな」

ゾドフスが呆れている。ゾドフスは五人の領兵の中では最年少だが、それでも四〇ほどとロドニーからすれば父親のような年齢だ。デデル領の領兵には珍しい弓使いで、後方から味方の戦いを見ることが多いため、従士や領兵の癖をよく知っている人物でもある。

エミリアが飛び上がって空中で一回転し、泥牛の背中を斬りつける。それによって泥牛の勢いが落ち、ロクスウェルが素早く横に回り込んで首を斬りつけた。

二人がつけた斬り口は、カミソリで切ったように鋭いが、泥牛の体表の泥が傷を塞いでいく。

「お嬢！」

「うん！」

呼吸を合わせたエミリアとロクスウェルが、目にも留まらぬ連撃を放った。二人の連撃は泥牛の体を大きく抉る。この攻撃で泥牛は倒れて消えた。

一発の攻撃力はロドメルの戦斧に劣るが、手数で威力不足を補うのがメリリス流細剣術である。しかも師弟の二人の息はぴったりで、相乗効果によって攻撃力が上がっていた。

一層を進んだロドニーたちの前に、泥の鬼が現れた。体長一六〇センチメートルくらいの体が泥でできた鬼で、力が強く泥を射出してくる攻撃がある。

泥鬼がダッダッダッダッと泥弾を射出してくる。ザドスが盾で泥弾を受けるが、泥が周囲に飛び散る。

「あいつ、最悪！」

泥がかかったエミリアがプンプンと怒り、目にも留まらぬ速さで動いて泥鬼の首を斬り落とした。

「ざまぁ！」

エミリアは細剣についた泥を飛ばして、納剣した。

「まだ泥鬼は生きてますぞ！」

ロクスウェルのその声に反応して振り返ったエミリアの目に、頭部が再生して襲いかかろうとしていた泥鬼が映った。

「っ⁉」

エミリアは泥鬼から距離を取った。わずかに泥鬼の攻撃がエミリアに当たっていたが、ダメージはほとんどない。

ロクスウェルの連撃が胸を吹き飛ばしたことで、泥鬼は消え去った。

「お嬢、最後まで気を緩めてはいけませんぞ。残心です」

「……はい」

ダメージはほとんどないが、泥鬼程度の攻撃を受けたと思うと悔しさがこみ上げてくる。何よりも師匠のロクスウェルや皆にいいところを見せたかったのに、恥をかいた。

唇を噛んだエミリアの頭に、ロドニーが手を置く。

「良い教訓になったな。これからは最後まで気を緩めないようにしような」

「うん」

ロドニーは優しくエミリアの頭を撫でて慰める。


一行の探索は進み、三層のかなり奥へと至った。油断さえしなければ、脅威となるセルバヌイはいない。これも、全員が中級以上の根源力を持っているからだ。

「ロドメル。止まれ」

石や岩が目立つ小川の畔を歩いていると、ロドニーが停止を命じた。ロドニーは小川の畔にある巨石を見つめ、全員もロドニーとその巨石のどちらかを見つめる。

『鋭敏』を常に発動しているロドニーは、あの巨石が放つ異様な雰囲気を捉えたのだ。

「戦闘準備」

ロドニーのその声に、全員が武器を構えた。

「ロドメル。あの巨石だ」

「承知！」

盾を構えたザドスと戦斧のロドメルが、一〇メートルほどまで近づくと巨石が震え出した。巨石がせり上がり、徐々にその全容が明らかになる。

「なんだこれは？」

巨石は人型になり、その巨体を現した。それは頭部が三つ、腕も八本あり、体長が一〇メートルほどの石の巨人であった。南部領にあるラビリンスにいる岩巨人よりもはるかに大きい石の巨人だった。

賢者ダグルドールに借りて読んだ資料やロドニーが持っている書物に、このようなセルバヌイの情報はなかった。資料にないセルバヌイを発見することもあると賢者ダグルドールは言っていたが、本当にそうなるとはとロドニーは苦笑した。

以前、デデル領にある廃屋の迷宮で長命種《レカフ》と思われる悪霊に苦しめられたのを、ロドニーは思い出した。

「これは倒し甲斐《がい》がありそうですな！」

ロドメルが凶悪な表情をする。

「こいつは全員で当たるぞ！」

ロドニーが指揮を執る。

「ザドスとセージは前へ！」

「「応！」」

盾持ちの二人が前面に出る。

「ロドメル、ソフィア、ゲラルド、ケルドは四方を囲んで攻撃！」

「「「応！」」」

「はい！」

前衛の攻撃担当として四人を配置。

「エミリアとロクスウェルは前衛の補助だ！」

「応！」

「わかった！」

細剣の二人は石の巨人と相性が悪そうなので、前衛を補助するように命じる。

「ゾドフスは周辺を警戒」

「応！」

弓を使うゾドフスには周囲の警戒を任せる。

「俺の攻撃で、戦闘開始だ」

ロドニーは『高熱火弾』を放った。高速で飛翔した『高熱火弾』は石の巨人の胸に命中して爆発、轟音《ごうおん》を発した。『高熱火弾』の爆発が合図になって、戦闘が始まる。

石巨人は『高熱火弾』によって胸が抉れていたが、大したダメージはないとばかりに動いた。そんな石巨人の足に、ロドメルが戦斧を叩き込んだ。『剛腕』を発動しているロドメルの攻撃が石巨人の足を抉った。

「おらおらおらぁっ！」

ロドメルが戦斧を何度も叩きつけると、それを嫌がった石巨人の右腕がロドメルに叩き込まれる。

その拳を『剛腕』と『堅牢《けんろう》』、さらに『鉄壁』を発動したセージが受け止めた。セージが立つ地面がクレーターのように陥没し、その衝撃の凄《すさ》まじさを表している。

「セージ、大丈夫か⁉」

「問題ありません！」

『堅牢』と『鉄壁』を発動していたことで、セージにはほとんどダメージはなかった。それが不満だったのか、石巨人は三つの顔の口を大きく開いた。

「気をつけろ！」

開いた口の中が光り出し、全員が警戒した。

「回避だ！」

嫌なものを感じたロドニーが叫ぶように指示すると、石巨人の口から眩《まばゆ》い光が発せられた。ロドニーたちは必死でそのビームのような光を回避した。誰もが当たってはダメなやつだと直感したからだ。

ビームの一本はロドニーが立っていた地面を焼いたが、それで収まらずに地面を破壊しながらロドニーを追いかけた。ロドニーは『加速』を発動させて速度を上げ、ビームから逃げた。

「舐めるな！」

ビームから距離を取ったところで、ロドニーは『風力水弾』を放った。

この『風力水弾』は、『水弾』と『風弾』を結合したもので、飛翔速度がかなり速い。追いかけてきた光を『風力水弾』が迎え撃つ。『風力水弾』のほうが威力が高いようで、激しくせめぎ合いながら押し込んでいく。

そして『風力水弾』の水分が蒸発して水蒸気爆発を起こした。その爆発は石巨人の真ん中の頭部の前で起こり、その頭部を完全に破壊した。さらには左右の頭部にも大きなダメージを与えた。

「ケルドッ⁉」

ソフィアの悲壮な声を耳にしてそちらを見ると、右肩が消失し大量の血を流すケルドが力なく横たわっていた。

　普通なら即死だったかもしれない傷は赤真鋼の鎧のおかげでダメージを抑えたが、それでも致命傷に相当する深手だ。

「くっ、やってくれたな！」

　激高したロドニーが、『強化』と『増強』を上乗せした『高熱火弾』を連射した。

「貴様が、貴様が、貴様がぁぁぁぁぁぁぁぁぁっ！」

　激しい怒りが上乗せされた『高熱火弾』が石巨人を襲う。圧倒的な熱量と破滅的な爆発が石巨人を破壊していき、粉々に粉砕された石巨人が塵となって消えた。

「ケルド！」

　ケルドは血の気の引いた顔をし、虚《うつ》ろな瞳をしていた。

「私があの光に当たりそうになったところを、ケルドが助けてくれたのです」

　ソフィアが傷口を押さえているが、傷口が大きすぎて止血できない。ケルドを囲む皆の顔が暗い。もう助からないと諦めている顔だ。

「ケルド！　気をしっかり持て！　マニカの結婚が控えているんだぞ！」

「ろ……どにー……さ……ま」

　何かを言おうとするが、ケルドの口の動きは悪く声が出ない。

（こんなところで死なせてたまるか！）

「ソフィア、どくんだ」

「ロドニー様」

「俺に任せろ」

今にも消えそうなケルドの命の火。ロドニーは意識を集中し、『快癒』を発動させた。『強化』と『増強』を上乗せすることで、効果が増幅された『快癒』がケルドの傷を塞ぎ、欠損した部分を再生させていく。

完全に再生が終わり、ケルドの顔にも血色が戻ってくる。

「ふーっ、これで大丈夫だ」

「ロドニー様。その根源力は？」

あまりの光景にロドメルたちが呆然としていた。エミリアとソフィアは知っていたが、それ以外に『快癒』のことを知る者は賢者ダグルドール夫妻くらいだ。

「この根源力のことは他言するな。ただし、従士や領兵に重傷の者が出た時は俺のところに連れてこい」

「よろしいのですか？」

「これは王家や他の貴族に知られたくない。だが、俺の庇護《ひご》下にある者を助けることに躊《ちゅう》躇《ちょ》はしない」

「承知しました」

ロドメルは全員に箝口令を敷いたうえで、命のほうが大事だと徹底した。

ケルドは血も再生しているが、それでも一度は瀕死の大怪我を負ったため今日の探索はここまでにすることにした。

エミリアとソフィアをテントで休ませようとしたが、ソフィアはロドニーにテントを使えと言った。ロドニーはエミリアも年頃だからと断り、女同士で一緒にテントを使わせた。女性に対する配慮だが、そういったことを言うつもりはない。

交代で見張りをして、全員が一定の休憩を取る。ケルドもしっかり休んだことで体調が戻った。

収納袋に入れてあった予備の装備をケルドに使わせ、探索を再開することにした。ただしケルドはしばらく体の様子を見ながらになる。調子が悪そうなら、すぐにラビリンスを出るつもりだ。

あの石巨人は生命光石以外にアイテムを残していた。それはカギの形をしていた。周囲に扉などのカギが要るようなものはない。

そのカギについてロドニーは思い出したことがある。廃屋の迷宮で悪霊を倒した時にドロップしたカギだ。

収納袋から悪霊のカギを取り出して見比べた。似ていると思った。だが、これらのカギが何に使われるかわからない。カギのことは賢者ダグルドールに聞き忘れていた。今度、この二つのカギについて聞いてみようと思った。


オブロス迷宮の七層へと至ったロドニーたちは、目的のセルバヌイを発見した。

幅が二〇〇メートルほどある川の岸に、体長六メートルほどのトカゲ型のセルバヌイが陣取っている。

トカゲなのに魚竜と名づけられたセルバヌイの足の指には、鋭い爪があって、指の間には水かきがある。全身は硬い鱗に護られているため、ダメージを与えるのが難しい。しかも、群れていて三〇体以上が固まっていた。

「数が多いですな」

ロドメルが顔をしかめた。さすがに、三〇体以上の魚竜を相手にするのは、厳しいと感じたのだろう。

「どうしますか、ロドニー様」

ソフィアが魚竜を鋭い視線で見つめ、ロドニーの指示を待つ。

「俺とエミリアとソフィアで『高熱火弾』を放つ。連射して魚竜を殲滅《せんめつ》するが、近づいてきた魚竜はロドメルたちで応戦してくれ」

「承知しました。戦闘配備だ！　一体もロドニー様たちへ近づけるなよ！」

「「「応っ！」」」

作戦は決まった。ロドニー、エミリア、ソフィアの三人は最も近い魚竜から一〇〇メートルほど離れた場所から攻撃することにした。

その少し前にはロドメルたちが、『高熱火弾』の射線を遮らないように陣取った。

「準備はいいか？」

ロドニーの問いに、全員が首肯した。

「よし、『高熱火弾』を撃て。弾幕を切らすな！」

「「はい！」」

三人が『高熱火弾』を放った。高速で飛翔した『高熱火弾』は、魚竜の群れの中で爆発した。

「「「キシャーッ」」」

二体が死亡、四体がかなり大きな怪我をし、群れ全体から悲鳴とも雄叫びともとれる鳴き声がした。

その怒りは当然ながらロドニーたちに向けられた。魚竜たちは怒り狂ってロドニーたちへと向かった。そこに再び『高熱火弾』が着弾する。先頭の魚竜の体が弾け飛び、後方の魚竜の上に落ちた。

ロドニーたち三人は、『高熱火弾』を連射した。狙いはつける必要はなく、とにかく弾幕を張ることを優先した。爆発が起きれば、その周囲にいる魚竜にダメージを与えられる。硬い鱗を持っていても、『高熱火弾』は圧倒的な暴力を振り撒いた。

「これはまた……」

ロドメルが言葉を失うほど、『高熱火弾』の弾幕は効果的だった。数十発の『高熱火弾』によって地形が変わるほどの破壊が起こり、三〇体の魚竜は殲滅された。

ロドメルたちのところへやってきたのはたった二体だった。その魚竜も爆発によって傷ついていたため、倒すのに苦労はなかった。

「ロドメル。生命光石の回収を」

「はっ」

『高熱火弾』を放った三人は休憩し、ロドメルたちが生命光石を拾い集めた。生命光石の数は三二個。『高熱火弾』の威力が高いことはロドメルたちも知っていたが、ここまで凶悪だとは思っていなかった。連射ができることで『高熱火弾』の凶悪さに磨きがかかっていることも驚愕だった。

「お嬢とソフィアの『高熱火弾』も凄いが、ロドニー様の『高熱火弾』の威力は群を抜いておりますな」

「剣では敵《かな》わないが、『高熱火弾』のような特殊根源力で負ける気はない」

『カシマ古流』のおかげでロドニーも剣の達人の域に近づいたが、天才であるエミリアやソフィアの域には達していない。その人が生まれながらに持つ才能には追いつけないと、最近は感じている。

だが、追いつけないからと努力を怠るつもりはない。毎日の努力の積み重ねによって少しでも差が縮まればいい。できることなら追いつき、追い越したい。それが目標であり、それを達成するための日々の努力なのだ。

根源力を使いこなすには、それなりの基礎能力が必要になる。剣の訓練は根源力を使いこなすための感覚を研ぎ澄ますのに役に立った。

放出系の根源力を使うと、体力を消耗する。特に『高熱火弾』のような強力な根源力は、体力を大きく消費する。そのためにも体を鍛えることは、重要であったのだ。

現在、ロドニーが『高熱火弾』のような体力消耗の激しい根源力を多用できるのは、毎日金棒を振って体を鍛えてきたからだ。それ以前も、才能がないなりに努力をしてきたからである。

では、エミリアが『高熱火弾』を多用できるのも、体力があるからなのか。エミリアは幼い時から剣術を習って、野山を駆け巡っていた。小さく細い体なのに、その体力はロドニーよりもあるように見えた。

だが違う。エミリアは天才だ。天才は体の使い方も効率的なのだ。体を動かす動作の一つ一つが無意識に効率化されていたことで無駄な体力を使っていないから、体力があるように見えるだけなのである。

もちろん野山を駆け回ったことで、ある程度の体力がついたのは間違いないことだが。

さて、そんなエミリアだが、根源力を使うのも天才的だった。悪霊との戦いの際のことだ、瞬時に剣に『鋭気』を纏わせてみせたことがあった。普通は訓練を重ねてできるかも・・・しれないことだが、エミリアは瞬時にやってのけたのだ。

だからといって根源力では、ロドニーも負けてはいない。経口摂取というアドバンテージがあるのだから、天才とタメを張る以上のことができると信じている。剣で負けている以上、根源力まで負けるつもりはない。そう強く意識している。

休憩を終えた一行は魚竜の群れを探して進み、先ほどの群れよりも大きな群れを発見した。

「今度は五〇体はいそうですな」

「何体でもやることは同じだ。頼むぞ、皆」

ロドニー、エミリア、ソフィアの三人は、『高熱火弾』を射出した。弾は高速で飛翔して、魚竜の群れの中で爆発した。数体の魚竜が爆発の威力によって吹き飛ばされ、命を散らしていく。

先ほどの戦いで着弾場所が似通っていたり、同じ魚竜に命中した反省を踏まえてロドニーが中央、エミリアが左側、ソフィアが右側を担当することにした。あとはやってみて、改善が必要であればすればいい。

分担制は効果があり、五〇体の魚竜は三人の『高熱火弾』によって殲滅された。今回は弾幕を掻い潜《くぐ》って接近されることもなかった。

それからもロドニーたちは魚竜の殲滅戦を繰り返した。四度目の殲滅戦を終えたところで、ロドニーは思った。

(これは魚竜狩り祭りだな！)

魚竜を発見したら、最低でも三〇体はいる。かなり短い時間でとても多くの生命光石を手に入れることができる狩りができた。

ロドニーはとにかく狩り続ける選択をした。皆に『水中適応』を与えるためだ。数さえあれば、それだけ水中戦力が増えることになる。海に面したデデル領において『水中適応』は多くの領兵が持っていていい根源力だ。

数日かけて魚竜を狩りまくったロドニーたち。四日もすると、魚竜の群れが再配置される周期も把握して、さらに狩りの効率が上がった。

国王は軍がセルバヌイを狩ることでラビリンスが荒れるのを警戒して、一〇人しかラビリンスに入れない条件をつけたのだが、ロドニーたちは一〇人の部隊でも十分に荒らしになるくらい狩りまくった。

ロドニーは国王との約束を守っているのだから、文句を言われる筋合いはない。もっともこの七層には王国騎士団の騎士たちは来ないので、誰も文句を言う者は存在しない。

王国騎士団は群れる魚竜との戦いを避けている。ただでさえ硬い魚竜を一度に三〇体以上も相手にするのは無謀と思っているのだ。それをたった一〇人でしてしまうロドニーたちが異常なのである。


「ロドニー様。そろそろ地上に戻りましょう。すでに予定を大幅に超えております」

オブロス迷宮に入って、そろそろ一〇日になる頃である。ロドメルが地上に戻ろうと言うのも無理はない。

ロドニーはその提案を受け入れて、地上に戻ることにした。

地上に出たところで数名の騎士が狩りの成果を確認してきた。ロドニーは三層で石巨人に遭遇したと報告した。その生命光石も見せたが、騎士にはその生命光石が石巨人のものか判断がつかない。

ロドニーの報告をそのまま報告書に書いて国王に報告するか迷ったが、確認する術《すべ》がないのでそのまま書いた。

また魚竜の生命光石があり得ない数だったのも、しっかりと書いて報告した。

オブロス迷宮があるのは、中部の北側になる。船だと一度王都に戻ることになるが、陸路で北部へ向かうことにした。

デデル領に帰る前に、バッサムに寄りバニュウサス伯爵へ挨拶をする。

海賊とメニサス男爵のことを押しつけたあとの成り行きが気になるし、寄親に敬意を表す意味もある。

「海賊の拠点を強襲し、メニサスが海賊と繋がっている証拠を押さえた。現在、王家にこのことを報告して、裁可を仰いでいるところだ」

ロドニーがオブロス迷宮で魚竜を狩りまくっていた頃、バニュウサス伯爵は海賊の拠点を襲撃し、メニサス男爵と繋がる証拠を手にしていた。

すでに話は引き返せないところまで来てしまっているのだと、実感する。海賊を組織して私掠行為をしていたメニサス男爵は、下手をすれば死罪で家も改易になるだろう。

「ロドニー殿にも確認があると思うが、よろしく頼むよ」

ロドニーは当事者だから事情聴取されることは理解している。そこで、気になっていたことを聞いた。

「メニサス男爵は、なぜ私を襲うように海賊に指示したのでしょうか？　当家がしていた借金は完済しました。それ以外にほとんど繋がりはないのですが」

「借金があれば、利子で儲かる。君はメニサス男爵の儲けを潰した人物というわけだ。それに、メニサス男爵の嫡子が召喚し、使役できなかった騎士王鬼を君は倒している。君はその程度と思うかもしれないが、メニサスにとっては根に持つ理由になったかもしれないぞ」

フォルバス家が法外な利率の借金をしていたおかげで、メニサス男爵は濡れ手に粟だった。それがなくなったことで、大きな利益が消し飛んだ。それは理解できるが、借金を完済したことで恨まれても困るという話だ。それについては完全にメニサス男爵の逆恨みでしかない。

騎士王鬼の件についても、ロドニーが倒してくれたことで被害が少なく済んだのだから、逆に感謝されてもいいはずだ。それなのになぜ恨まれなければならないのかと、ロドニーは不思議に思うと同時に相手するのが馬鹿らしくもなった。

メニサス男爵の件は、夏が終わる頃には決着がつくだろうとバニュウサス伯爵は見ていた。証拠が揃っているのであれば、それなりの処罰があってしかるべきなのだから。

それに騎士王鬼による被害の件も、バニュウサス伯爵は王家に裁可を仰いでいるので、合わせて何かしらの判断が下るだろう。

バニュウサス伯爵との面談を終え廊下を歩いていると、ロドニーはわずかな殺気を感じた。身構えるほどの殺気ではないが、何事かと油断なく周囲を窺うと、物陰に誰かがいるのがわかった。隠れているわけではない。だが、明らかにこちらに敵意を向けている。

このバニュウサス伯爵家とはかなり良好な関係を築いているが、その家臣全員がフォルバス家やロドニーに好意的というわけではない。ちょっと前まで主家に金の無心を繰り返していた貧乏貴族が、ガリムシロップのおかげで大きな顔をしている。そう思っている者は決して少なくないだろう。

「おや、フォルバス卿ではないですかな」

まさか声をかけられると思っていなかったが、ロドニーは泰然自若としていた。

「これはシュイイッツァー殿。お久しぶりにございますな」

現在進行形で意趣返しの途中である騎士シュイイッツァーである。

「ずいぶんとご活躍のようですな」

「おかげ様でなんとかやっています」

お互いに顔に笑みを浮かべているが、その腹の中は敵愾心《てきがいしん》でいっぱいであった。

ロドニーは売られた喧嘩《けんか》を買っているだけだと思っているのだが、騎士シュイイッツァーのほうもシャケの干物の市場を荒らされ喧嘩を売られたと思っている。

「そうだ、シュイイッツァー殿も一度当家のイカの一夜干しやシャケの魚醤燻製を食べてみてください。美味しいですよ」

ロドニーの厭味《いやみ》に、騎士シュイッツァーは一瞬だけ顔を歪めた。それを見逃すロドニーではない。腹の中ではざまあみろと舌を出していた。

「当家のシャケの干物も美味しいですぞ。フォルバス卿」

「ははは。たしかにシャケの干物は美味しいですが、いささか物足りないですかな。シュイッツァー殿がシャケの干物の生産を認めてくださらずよかったですよ。そのおかげでもっ・・・・・と美味しいシャケの魚醤燻製を生み出せましたから」

「っ!?」

騎士シュイッツァーは奥歯を噛みしめて、怒りの表情を浮かべる。だがロドニーに摑みかかるようなことはしなかった。周囲には二人を見守るように幾人かの者がいる。それらは騎士シュイッツァーの味方とは限らないのだ。

それにロドニーを案内している執事もいる。彼は明らかに騎士シュイッツァーと距離を置いている人物だ。

「お忙しいところを呼び止めてしまい、申しわけなかったです。某はこれにて失礼させていただく」

「いえいえ。では、これにて」

騎士シュイッツァーが足早に立ち去る後ろ姿を見ながら、ロドニーは勝った！　と内心でガッツポーズをした。

実際にシャケの干物の売り上げはかなり落ちている。買い叩かれていることはハックルホフから聞いている。

問題はシャケ漁をする漁師たちだ。彼らにはなんの罪もない。悪いのは身分を弁えずロドニーを蔑む言動をしたシュイッツァーである。バニュウサス伯爵にはシャケ漁をする漁師から、フォルバス家がシャケを購入することを提案してある。ただ今は時期尚早と返事をもらったことで、まだ様子見状態にとどまっている。

バッサムから領地に帰ったロドニーが真っ先に見たものは、枯れたリンゴの木だった。ラビリンスの中から持ち帰って庭に植えたものだが、残念ながら枯れてしまった。ロドニーが王都に向かう前も元気がなかったので、試作した干鰯を肥料として与えたりしたのだがダメだったようだ。

「お師匠様もラビリンスに生息している植物は、地上では育たないと言っていたからな……」

デデル領に住む者のほとんどは、農業の知識がある。農地を持たなくても、農繁期では皆が農家を手伝うことが多いからだ。

だからといってリンゴの木を育てることができるとは思わないが、色々やっても枯れてしまった。とても残念な気持ちだ。

地上では育ちにくいという賢者ダグルドールの言葉は正しいのだろう。しかしラビリンスからリンゴを定期的に採取してくれれば、それは一つの産物となるだろう。他にも薬草が発見されているのだから、そういった食用と薬用の植物を採取するよう前向きに心がければいい。

「申しわけありません、ロドニー様」

「リティのせいじゃないから、気に病まなくていいよ」

リンゴの木が枯れてしまったことをリティは気に病んでいたが、これは誰のせいでもないとロドニーは笑って答えた。

帰ってから数日は、溜まった仕事をやっつけた。今回も多くの書類が溜まっていたが、こればかりはやらなければいけない。

書類をやっつけたロドニーは、オブロス迷宮で手に入れた生命光石を経口摂取することにした。

まずは魚竜の生命光石だ。ロドニーが持っている『水中生活』と似た効果の『水中適応』を得る生命光石だ。

魚竜の生命光石を経口摂取したロドニーは、奥歯を噛みしめて激痛を我慢する。激痛が収まって得た根源力は『水中王』だった。

『水中王』は『水中生活』や『水中適応』の上位の根源力だった。だが、ロドニーが持つ根源力関連の書物に、『水中王』というものはない。

『理解』によって『水中生活』と『水中適応』より上の最上位根源力だとわかったが、『理解』がなければ困惑して終わっていたことだろう。

他の生命光石から得られる根源力は、ロドニーが持っているものの下位互換が多かったため、あえて摂取していない。

ただし石巨人の生命光石は別である。石巨人について書物を漁《あさ》った結果、わずか二行の説明を発見した。

「顔が三つ、腕が八本の石の巨人はブリアレオスというのか」

数十年前に別のラビリンスで一体だけ確認されているブリアレオスは、三〇〇人規模の軍を壊滅させたとある。その後、討伐されたという記載はない。

「あとはカギか」

ロドニーが所有する書物には、カギについての記載はなかった。賢者ダグルドールの屋敷には、ロドニーが所有する数十倍、数百倍の書物がある。その中にカギについて記載のある書物があるかもしれない。

次にブリアレオスの生命光石を経口摂取した。激痛が体中を駆け巡り、冷や汗が噴き出す。

何度味わっても慣れることのない苦痛だが、面白そうな根源力を得ることができた。

「石の巨人のブリアレオスの生命光石だから腕力系や防御系かと思っていたんだが、『造形加工』というのは聞いたことがない根源力だな」

書物を漁っても『造形加工』という根源力の記載はなかった。『理解』が『造形加工』を解析してどんな性質の根源力かを教えてくれる。


ロドニーはブリアレオス、カギ、『水中王』、『造形加工』のことを手紙に認め、ダグルドールに出した。さらに、実際に『水中王』を確認することにした。

「お兄ちゃん、どこ行くの？」

家を出ようとしたら、エミリアに呼び止められた。

「魚竜から得た根源力を試しに、海に入るんだ」

「それなら、私も行くわ」

「お供します」

エミリアと話していたら、どこからかソフィアがやってきた。

三人で砂浜へ行くと、海には小舟が出ていて漁をしていた。

「俺は海に入るから、二人は砂浜で待っていてくれ」

「何言ってるのよ、私も行くわ」

「俺は裸で良いが、二人はそうはいかないだろ」

この国に海水浴という文化はないが、水着はある。王都などは夏に川で泳いだり、涼む人が多いと聞く。ただデデル領で水着など着る人は見たことがない。男の漁師はそれこそ下着一枚になって海に潜るが、女性は軽装の服を着たまま潜る。

服を着たままだと水中では動きにくいとロドニーがそう言うと、二人は顔を合わせてにやけた。

「へへへ。ちゃんと用意してあるんだから！」

二人が服を脱ぎ出すので、ロドニーは慌てて手で目を塞いだ。しかし、そこは思春期の男の子である、指の間からソフィアを見る。

「じゃーん！　どう、似合ってる？」

一気に服を脱ぎ去ったエミリアは、ウエットスーツのような水着を着ていた。もちろんソフィアも着ていたので、ロドニーはちょっと残念に思った。

「どうでしょうか、似合いますか？」

鎧をつけているとわからないが、ソフィアの胸はかなり大きかった。水着に締めつけられたソフィアの身体の輪郭《りんかく》を目にして、ロドニーは心の中で（眼福だ）とつぶやいた。

「お、おう。ソフィアは何を着ても似合うぞ」

「お兄ちゃん、褒め方が下手くそ！　てか、胸、ガン見してるし」

エミリアに褒め方のダメ出しをされ、ソフィアの胸を凝視していることを指摘されると、ソフィアが両手で胸を隠した。その所作がまたエロいと思ってしまう。

「しかし、そんな水着、どうしたんだ？」

「王都で作ったんだよ。水の中でも動きやすい服を作ってってね。ボルデナさんが良い店を紹介してくれたんだよ」

ボルデナというのはロドニーたちの従兄で、ハックルホフの命令で王都の店で修業をしているシーマの兄である。まだ若いが王都の店を切り盛りしているらしく、将来が楽しみだとハックルホフが言っていた。

「ボルデナさんに迷惑をかけなかったか？」

「大丈夫だよ、全然問題なし！」

一抹の不安を感じ、後からお礼の手紙を書こうと思ったロドニーであった。

「それじゃあ、海に入るぞ」

三人は打ち寄せる波に向かって、入っていった。根源力のおかげか、波が来てもそれほど影響を受けない。

海中には海上のような波はない。場所によっては海流が速い場所もあるが、岸に近いところではそこまで速くない。

三人は時に泳ぎ、時に海底を歩いて根源力を確認した。

「水の中なのに、本当に息ができるんだね」

「苦しくないです。『水中適応』は凄いですね」

エミリアとソフィアは、不思議な感覚だが息苦しくもない海の中を楽しんでいた。

「二人とも水の中で戦闘できるように、訓練するんだぞ」

「わかってるって、お兄ちゃん」

軽い返事だが、エミリアはやる時はやる子だとロドニーは知っている。

ロドニーは『水中生活』と『水中王』の差を確かめるように、体を動かした。エミリアとソフィアは海底で模擬戦を始めた。

エミリアとソフィアの模擬戦はかなりのものだった。まるで地上かと思うような動きを見せている。

「やっぱり二人は特別だな……」

ロドニーが水の中の戦闘術をある程度マスターするのに、それなりの時間を要した。しかしエミリアとソフィアは、二時間程度で体の動かし方を理解して地上と変わらぬ模擬戦を繰り広げている。

ロドニーの『水中王』は『水中生活』に比べ、何もかもが上昇していた。水を蹴った時の反応、速度、剣を扱う時の姿勢制御、全てが向上していた。

「これはいい。イメージした動きができるぞ！」

エミリアとソフィアのことは見ないことにした。自信をなくしかねない。

地上に戻ると、漁師たちが焚火《たきび》をしていたので交ぜてもらう。季節は夏だが、デデル領の夏は王都などに比べればかなり涼しい。

「ロドニー様。今日獲《と》れた魚です。持っていってください」

「いいのか？」

漁師たちがロドニーに持って帰れと、タイのような大きな魚を差し出してきた。ありがたくもらうことにした。

ガリムシロップの販売が好調で領兵と未亡人たちの給金が上がり、ガリムシロップ工房、ビール工房、鍛冶工房などを建て、燻製工房と領主屋敷を建設中とあって、領内の経済活動が以前に比べるまでもなく向上している。

産業がなかった頃のデデル領は寂れた辺境の土地だった。領民の暮らしは爪に火を灯すほど苦しいものだった。だがロドニーが領主になってからは、暮らしに余裕ができた。農民も漁師も子どもでさえも豊かになった、またはなりつつあると実感している。

だからロドニーの人気は、非常に高い。貧しい暮らしから、自分たちを抜け出させてくれたと感謝されているのだ。

漁師たちからたくさんの魚をもらったロドニーたちは、燻製工房と新領主屋敷の建築の進捗を確認する。

燻製工房はそろそろ完成、領主屋敷も秋には完成するだろう。

建築中の領主屋敷を見上げるロドニーの目は、希望に満ち溢れているようだ。

次は鍛冶師のペルトの工房に向かった。工房に入ると、マニカが井戸から水を汲《く》み上げていた。

「やあ、マニカ。ペルトはいるか?」

まだ結婚はしていないが、マニカはペルトの世話をしていることから日中はこの工房にいる。

「これはロドニー様。旦那様は工房におります。今呼んできますので、家の中に入ってお待ちください」

「いや、工房へ行くよ」

工房の中はマニカがしっかり片づけていた。そんな働きやすそうな工房で、ペルトがハンマーを振り上げて金属を鍛えていた。

マニカがペルトに声をかけようとするのを、ロドニーは止めて作業風景を眺めた。

一心不乱に金属に向き合うペルトの背中は、生活無能力者のものではなく立派な職人のものだった。

「マニカはあの背中に惚《ほ》れたのか?」

「はい。旦那様の背中はとても逞しくて、頼り甲斐があります」

マニカは恥ずかしげもなくのろけた。

ペルトの仕事の区切りがついたところで、声をかける。ペルトはロドニーに丁寧な挨拶をすると、すぐにあるものを持ってきた。

それはロドニーが頼んでおいた赤真鋼とバミューダの革の複合鎧だ。白い革が赤真鋼で補強されているため、赤真鋼の鎧よりもはるかに軽く動きやすい。

バミューダの皮が二人分しかなかったので、ロドニー用とエミリア用が作られた。防御力は赤真鋼の鎧のほうがやや高いので、ソフィアは全身赤真鋼の鎧のほうがいいという判断だ。

「いい出来だ。気に入ったぞ」

「うん、動きやすいよ。ペルトさん」

さっそく着替えたロドニーとエミリアは、動きやすさをチェックして納得して帰っていった。

ある日のこと、精鋭領兵の中軸を担っていたケルドが退役を申し入れてきた。

「本当に辞めるのか?」

「はい。色々考えると、そろそろ引き際かなと思いまして」

年齢のこともあるが、娘たちが全員嫁いで家を出ることで気が抜けたのかもしれない。それに、ブリアレオスの攻撃で死にかけたのも大きな要因なのではないかとロドニーは考えた。

「退役してどうするんだ？」

「小さいのですが、畑があります。最後は土を弄《いじ》って過ごそうかなと思います」

「どこか他の領へ行くというのではないのだな」

「それはないです。ここは俺が生まれ育った故郷で愛着がありますので」

精鋭の領兵が抜けるのは痛いが、それでもモチベーションが下がった者を引き留めてもラビリンスの中で怪我をするのが落ちだ。だが、惜しい。

「辞めるのはわかった。ただ、俺の頼みを聞いてくれないか」

「頼みですか？」

「一年でいい、教官をしてくれ」

「キョウカンですか？　それはなんでしょうか？」

ロドニーは新兵を一人前に育てるのが教官だと教えた。

「来年の夏には兵役免除の期間が切れる。おそらく出陣があるだろう。その時には、従士と領兵の半分を率いていくことになる。人手が足りんのだ」

「それで俺に新兵を育てろというのですか？」

「そうだ。ラビリンスに入る前の新兵を、ラビリンスに入っても生き残れるくらいに育ててほしい。そうすれば、従士の負担が減ることになるし、ラビリンスの探索もできる」

ケルドは少し考えさせてほしいと言って下がった。

残念なことにデデル領、いや、フォルバス家は人材不足だ。経験豊富なケルドのような領兵を、農家にしておけるほどの余裕はない。

最前線で戦えなくてもこれまでの経験を新人たちに伝えることはできるだろうと、ロドニーは考えた。

三日後、ケルドは教官の話を受けると回答した。ロドニーは退役ではなく、配置替えの辞令を出してケルドに新兵の訓練全般を任せることにした。

騎士爵の最低兵力は三〇名と決まっている。デデル領はすでに四五名の領兵が在籍している。ロドニーは最低でも五〇名にしたかったが、その数字には届かなかった。

来年の出兵はおそらくないと考えているが、絶対にないと言い切れるものではない。遅かれ早かれ出兵は免れないものだ。

下手をすれば父ベックのように戦死するかもしれない。そういった危機感が、領兵を増やす判断になっている。だからロドニーも常時募集をかけているのだ。

五章 湖底神殿攻略戦編

ロドニーは本格的に廃屋の迷宮の湖底神殿の攻略に乗り出すことにした。

湖底神殿の周囲には数百体の海人がいて、湖底神殿を護っている。ロドニー、エミリア、ソフィアの三人だけではさすがに厳しいことから、他にも連れていくことにした。

オブロス迷宮で手に入れた魚竜の生命光石を使って、ロクスウェルとエンデバー、それに中堅どころの領兵たちに『水中適応』を覚えてもらった。

本来であれば精鋭領兵に『水中適応』を与えて、神殿の攻略に乗り出すべきだろう。それを中堅どころの領兵にしたのは、精鋭領兵を排除しようというのではない。領兵の質や得意分野を分けさせるのが目的として、今回は中堅領兵にしたのだ。現在は精鋭領兵たちに過度に負担がかかっていることから、それを分散させる意味もある。また年齢のこともある。精鋭領兵は全員が四〇歳以上、五〇代も多い。それに対して中堅どころの領兵は三〇代が多い。長く活躍できる中堅どころを育てることは、上に立つ者として当然のことだろう。

海に入って『水中適応』を持った者たちの訓練をしようとしたのだが、そこに王都から使者がやってくるという先触れがあった。

訓練はエミリアに頼み、ロドニーはソフィアと共に使者を迎えることにした。こういう時に存在感を出す強面《こわもて》のロドメルや年配のホルトスは、廃屋の迷宮の探索に出ていて簡単に呼び戻せないのが辛《つら》いところだ。


先触れから四時間ほどで、使者がやってきた。もう少しで領主屋敷が完成するが、まだ工事中なので使えない。

使者は四〇代のアンダヘイという子爵であった。これといって特徴のある人物ではない。アンダヘイ子爵は海賊騒動の調査でやってきたのだ。ロドニーはできるだけ丁寧に説明した。

「――海賊を捕縛した後、捕縛した海賊をバニュウサス家の領兵に引き渡して、王都に向かいました」

状況説明会があるためと、バニュウサス伯爵家の領海においての海賊行為だったためと付け加える。

「その後のことは、私もバニュウサス伯爵閣下よりお聞きした話です。海賊の拠点で証拠が見つかったと聞いていますが、それが何かは知りません」

ロドニーが知っていることは少ない。あくまでも海賊を尋問《拷問》して得た情報だけで、それ以外のことは何も知らないのだ。

アンダヘイ子爵も話を聞いたという事実があれば良いようで、あまり突っ込んで聞いてこなかった。メニサス男爵の処分はすでに決まっていて、あとはその処分を実行するために外堀を埋めているだけなのだとロドニーは感じた。

アンダヘイ子爵は二時間ほどの聞き取りで、帰っていった。北部貴族を回ってメニサス男爵の評判などを聞くようだ。


翌日からロドニーも海の中の訓練に参加した。

まだ訓練が始まったばかりで、中堅領兵たちが水中で剣や槍などを扱えるように訓練している。さすがに弓矢は水中では使えないので、主に盾と剣を扱う者と槍を扱う者に分けている。

ロドニーとエミリアは、バミューダの革と赤真鋼の複合鎧を身につけているおかげで、水中でも動きは阻害されない。バミューダの革を使っていることから、水中での行動に何かしらの効果があるようだ。

それと反対に、赤真鋼装備の領兵たちはかなり動きが悪い。赤真鋼が鉄よりも重い金属なのも影響しているようだ。

「これはなんとかしないといけないな」

さすがに防具もなく戦えとは言えない。対策を考えることにした。

半月ほど経過して領兵たちが水の中での動きに慣れてくると、今度は連帯行動の訓練も開始された。湖底神殿を護る数百もの海人に対応するには、連携しなければならない。ロドニーは一糸乱れぬ動きをロクスウェルとエンデバーをはじめ、領兵たちに求めた。

夏真っ盛りという時だ。待望の燻製工房が完成した。

責任者は予定通りリティの甥のサイザルドに頼んだ。サイザルドはのんびりとした性格だが、細かいことが苦手というものではない。なんとかやってくれればいいのだがと、リティは気をもんでいた。

「いい工房だ」

さっそく女衆がイカを開いて、魚醤槽に入れていく。その手際の良さにロドニーは目を見張った。

これまでソフィアの家の倉庫で作業していたこともあって、女衆は工房の中でもテキパキと仕事をしていく。

「凄く手際がいいな」

「経験者が多いですし、そうでなくても漁師の妻たちがほとんどですから、手慣れたものです」

リティの返事に、浜で見た顔が多いとロドニーは納得した。

「夏はまだいいが、冬はかなり厳しい作業だ。サイザルドは皆の体調を気にしてやってくれ」

「承知しました。ロドニー様」

極寒の冬になると、シャケを捌いてもらわなければいけない。この地の冬には慣れている彼女らだが、それでも体を壊さない保証はない。体調管理だけはしっかりやってくれと徹底する。

デデル領では夏でも森からいい風が吹いている。一夜干し用の乾燥室は、風通しを考えて格子の柵がある。これなら獣が侵入できず、屋根もあるから急な雨に慌てる必要もない。

そんな工房を出て足を向けたのは、新しい領主屋敷だ。もうすぐ完成するだろう、ロドニーが住むことになる場所である。

「もうすぐか。楽しみだ」

「新しい屋敷でシュイッツァーの苦境を聞くのもおつなものですぞ、ロドニー様」

ロドニーよりも怒っている家臣の筆頭であるロドメルが、悪い笑みを浮かべた。ロドニーが視察を行っていると聞き、やってきたようだ。

シャケの魚醬燻製とイカの一夜干しは、本格的にするつもりはなかった。ロドニーがここまで意固地になりこの事業を推し進めるのには、鼻持ちならないシュイッツァーという人物がいたからだ。

バニュウサス伯爵と面会した後、厭味を言ってやって少し溜飲《りゅういん》が下がった。それでも家臣たちは騎士シュイッツァーを許していないし、ロドニーも謝罪があったわけではないから許していない。

シュイッツァーはバニュウサス伯爵家の騎士であるが、貴族ではない。主家の威光と、シャケの干物事業を独占していて経済力があるのは認める。だが貴族でもないシュイッツァーに田舎貴族と蔑まれたことは許せるものではない。

ロドニーが若く、フォルバス家が貧乏であっても貴族は貴族。その境界を超えた言動は、看過できるものではなかったのだ。

秋の声が聞こえてくる頃、バニュウサス伯爵家の大鷲城に多くの貴族が集められた。メニサス男爵の処分が決まり、その処分の内容が公表される運びとなったのだ。

王家はメニサス家に賠償を命じたうえで、当主を隠居させ西部の貴族家あずかりにした。嫡子ガキールは貴族籍を剝奪したうえで追放、家は男爵から騎士爵への降爵、領地も小さな騎士爵領であるアットス領へ移封になる。

賠償の対象は、領兵を騎士王鬼に殺され怪我人が多数出たバニュウサス伯爵家、海賊によって襲われたフォルバス家、海賊に襲われた商人である。

賠償金だけでかなりの金額になるが、メニサス家が国の定める金利以上の高利貸しまでしていたことが判明し、過払い金の返還を命じられる羽目になった。

これによってフォルバス家にも多くの金額が戻ってくるのだが、メニサス家は過払い金まで支払うと、貯め込んだ財を全て吐き出しても不足であった。

そこで不足した過払い金は王家が肩代わりし、メニサス家は王家に対して借財を負うことになった。

新当主はお先真っ暗なメニサス家を立て直すことになる。ロドニーは気の毒に思ったが、いい気味だと言う貴族のほうが圧倒的に多かった。それほどにメニサス家に苦しめられていた貴族が多いということだ。

フォルバス家の過払い金もかなりの金額になった。これは過払い金の対象が、三年間に設定されたからだ。すでに完済している場合は、完済から三年間遡り計算される。

メニサス家に借金をしていた貴族は多く、借金をした時期まで遡ると金額が莫大《ばくだい》になりすぎて返済できないのが容易に想像できたからである。それに文句を言った貴族もいたが、法外な金利だとわかっていて借金するほうも悪いとアンダヘイ子爵に言われて黙り込んだ。

そもそもメニサス男爵家に、なぜここまでの財力があるのか。それはデルド領にあるラビリンスによるものだ。そのラビリンスは薬草園と言われるもので、その名の通り多種多様の薬草が採取できる。その数は一〇〇種類を超えるほどだ。

薬草園から採取される薬草のおよそ七割が、ここでしか採取できないものだった。それがメニサス男爵家に家格以上の財をもたらすことになったのだ。その財を使い、貴族相手の金貸し業を行っていた。今回のような結果になったのは、欲が過ぎれば毒になる。そういうことなのだろう。

メニサス騒動が落ち着いたのは、秋の収穫が始まる頃だった。ロドニーは借金をした側も悪いと思ったことから、過払い金の返済の権利を放棄しようとしたが、バニュウサス伯爵に止められた。フォルバス家だけ過払い金の返済を放棄したら、他の貴族が悪者になると言われたのだ。

ただ、命を狙われたロドニーが寛容な態度を見せたことで、甘いと言われつつも総じてフォルバス家の評判を上げた。

今まで貧乏騎士爵として認識されていたフォルバス家だが、そういったイメージアップに丁度いい機会であった。資金はいくらあってもいいが、今すぐお金が必要なものではない。そこまで過払い金の返済に拘る必要はないのだから、貴族としての名を上げるための投資だと、ロドニーは考えたのだ。

今回の件はお家断絶になってもおかしくなかった事案だが、メニサス家は降爵で許された。騎士爵へ降爵になり、デルド領からアットス領に移封されることになったのだ。

アットス領は北部にあり、特に目立った産業はない。北部だから冬に雪が積もるものの、中部に近い場所のためデデルド領ほど多くは積もらない。元の領地であるデルド領のようなラビリンスもなく、少しでも領地経営を間違えれば破綻することになるだろう。

メニサス家は今後落ちぶれるはずだ。影響力はないに等しくなるだろう。家を残す意味があるのかと言う貴族もいる。それでも家を残したのは中央で権力を握る貴族たちの思惑があってのものだ。

メニサス家は中央の貴族たちに、毎年少なくない付け届けをしていた。メニサス家が潰されるようなことになれば、今まで利益供与されてきた貴族たちが守ってくれなかったと吹聴するかもしれない。だから降爵と移封で済んだのである。

中央の貴族としても、これまでの付け届けについて知られるのは好ましくない。今現在付け届けをしている者たちに、いざという時に助けてくれないのであれば付け届けの意味がないと思われては困るのだ。罰は与えても、なんとか家を残してもらえる。そう思わせるためにも、メニサス家は降爵で済ませなければならなかったのである。

そんな頃、ロドニーの下に賢者ダグルドールからの手紙が届いた。以前ブリアレオスについて手紙で尋ねていたが、その返信だった。オブロス迷宮の三層で出会ったこのセルバヌイに関して、大賢者ダグルドールであれば知っているかもしれないと思ってのことだが、練達の賢者は老人らしからぬ好奇心を丸出しにして、ブリアレオスを我が目でも見てみたいものだと筆を走らせた。そしてなお重要なのは、ダグルドールが、セルバヌイからドロップするカギについて言及していたことだ。

「カギがラビリンスの宝物庫のものだと?」

賢者ダグルドールも過去に三度ラビリンスのカギを手に入れて、二つの宝物庫を開いたと手紙には書いてあった。ただし宝物庫は簡単には見つからないし、見つけても強力なセルバヌイが護っているらしい。

「あの湖底神殿は宝物庫かもしれないな……」

宝物庫には金銀財宝だけではなく、特別なアイテムまである。そういったアイテムは遺跡からも発見されている。遺跡から発見されるものは使えない場合もあるが、ラビリンスから発見されるアイテムは完全な状態のものばかりらしい。

「そうなると、オブロス迷宮にも宝物庫があるのか……」

オブロス迷宮は王家のものだから、下手なことはできない。逆に言えば、廃屋の迷宮はロドニーの自由にできる。

「湖底神殿攻略に、余計に力が入るな」

メニサスなんかに関わっている暇はない。早く湖底神殿の攻略がしたいと思った。

メニサス騒動が落ち着き、湖底神殿の攻略に取り組めると思ったら、今度は嵐だ。

大きな被害は出なかったが、フォルバス家の屋根が一部飛ばされてしまった。

「屋敷が丁度完成したところだ。荷物を運び込んでもらって構わないぞ」

棟梁《とうりょう》の言葉に、フォルバス家の者たちは、胸を撫で下ろした。なにせこの時期は連続で嵐が発生しても不思議はない。今の屋敷では大きな嵐に耐えられないのではと、心配だったのだ。

台風の翌日、領兵にも手伝ってもらい、新しい屋敷への引っ越しが行われた。

「この家はどうするんだ？　直すのならかなり大がかりになりますぜ、領主様」

壊れた屋根の上から、大工の棟梁がロドニーにどうするか確認してきた。領主に対して不敬な言葉遣いはいつものことだ。ロドニーはまったく気にしていない。

かなり古い建物で、直してもまたどこかが悪くなる。だが生まれ育った家を取り壊すのは忍びない。だからといって、このまま放置するのも考えものだ。

「迷うことはありませんよ。形あるものはいつか壊れるものです。放置したら危険なのでしょ？　壊したってお父様はお怒りになりませんよ」

「そうですね」

母シャルメの言葉に背中を押され、ロドニーは棟梁に取り壊すように頼んだ。そこにチーズ工房と酵母工房を造ろうと考えるロドニーは、リティと相談して工房の間取りなどを考えた。


新しい屋敷は多くの部屋があり、会議室も大きい。客をもてなす部屋も客が泊まる部屋もある。何もかもがこれまでの屋敷とは大違いだ。

「部屋の数が多いから、リティと私だけでは手が回らないわね」

「そうか、そういうことも考えないといけなかったね。母さんのほうで、使用人を雇ってもらえないかな。給金とかはキリスに相談してくれればいいから」

「それじゃあ、ソフィアをロドニー専属のメイドとして雇おうかしら。うふふふ」

「何を言ってるの⁉」

「ロドニーだって、立派な当主なのですから、専用のメイドくらいいてもおかしくないわよ」

「そういうんじゃなくて、なんでソフィアなのかってことだよ」

「あら、ソフィア以外がいいの？」

「ロドニー様。ソフィアに不満があるのですか⁉」

「リティまで⁉」

ソフィアは従士だと言うと、あくまでも代理だからメイド兼従士代理でいいだろうと、シャルメとリティは言った。

それにいつも一緒にいるのだから、身の回りの世話をしたっていいだろうと。

「ソフィアのこと、本当に考えなさいよ。もうすぐ二〇歳なんだから」

「わ、わかっているよ……」

シャルメやリティだけではない、ロドメルたち従士も早くソフィアを娶るべきだと思っている。

（俺だってソフィアが好きだ。彼女を迎えるに相応《ふさわ》しい新しい屋敷もできた。ケジメをつけるには、いい時期なのだろう……）

ソフィアとはロドニーが生まれた時からの付き合いだが、姉のような存在だった。告白するのは気恥ずかしいし、もし断られたらしばらく立ち直れないだろう。そう考えると、どうしても一歩前に出ることができない。

あれはいつのことだったか。幼いロドニーが散歩中に、野犬に襲われそうになった。その頃のロドニーは今のように戦う力もなく、野犬を前に涙を流して腰が抜けてしまった。

「ロドニーー！」

野犬の前に立ち塞がったのは、二歳年上のソフィアだった。彼女はロドニーを守るように両手を広げ、野犬を睨みつけた。ソフィアも怖かったはずなのに、野犬からロドニーを守るために自分の身を盾にしたのだ。その時のソフィアの背中を、ロドニーは今でも忘れていない。

(今思えば、あの時に俺は恋をしたのだろうな。彼女に憧れたと言ってもいいかもしれないが、それが恋になっているのは事実だ)


夜、ロドニーが自室で根源力の本を読んでいると、扉がノックされた。エミリアかと思って入室を許可すると、ソフィアが入ってきた。

「どうしたんだ、こんな夜更けに……。」

ソフィアは薄手の夜着を着ており、ロドニーの目には毒なものだった。思わず見入ってしまうのも仕方がないだろう。

「あの……。奥様が……」

顔を赤らめてモジモジするソフィアの姿は、いつもの凛《りん》とした姿ではなかった。そんなソフィアを見て、昼間のシャルメの言葉を思い出した。

シャルメが強硬手段に出てきたのだろうと、ロドニーは思った。

「母さんがすまないな。無理をしなくていいぞ」

「いえ、そんなことは……あの、私ではダメですか？」

「っ!?」

（ソフィアが勇気を出して、俺のところに来てくれたのに、俺は何をしているんだ？ ソフィアに恥をかかせていいのか。俺こそ勇気を出さないと！）

「俺でいいのか？」

「はい」

ソフィアは迷うことなく返事をした。その言葉を聞いたロドニーも覚悟を決めた。彼女のおかげで、これまで踏み出せなかった一歩が踏み出せる。

立ち上がってソフィアの前まで行くと、跪いてソフィアの手を取った。

「俺の妻になってくれるか？」

ソフィアの目を真っすぐ見つめ、顔を真っ赤にしながらも今まで言えなかった一言が出てきた。口にしてしまえば、本当に短い言葉だ。それでもロドニーの人生において、最も貴重で重大な言葉である。

ロドニーはソフィアの目を見つめながら、彼女の返答を待った。数秒が数年にも思える長い時間だった。

「はい、喜んで」

立ち上がったロドニーは、ソフィアをそっと抱き寄せた。

「ロドニー様は私なんかでいいのですか？」

「ソフィアがいい。君以外にはいないよ」

「嬉しいです」

見つめ合う二人はいつしか唇を合わせる。

その部屋の外では、扉に耳を当てる三人の姿があった。シャルメ、エミリア、リティである。三人はロドニーがプロポーズしたことに、ホッと胸を撫で下ろした。

「どうやら、上手《うま》くいったわね」

「お兄ちゃんの嫁はシーマさんにするって、お母さんが脅すからよ」

「いいじゃないですか、結果的に上手くいったのですから」

ロドニーの部屋の外で聞き耳を立てていた三人は、声を抑えて笑い合った。


翌日の朝早くロドニーの部屋を出るソフィアの姿は、リティに見られていた。当然ながらそのことはシャルメの耳に入った。

「ロドニー。いつ式を挙げるのですか？」

「ぶふっ」

朝食の最中にそう切り出されたロドニーは、スープを吹き出してしまった。

慌てて口の周りを拭いたロドニーが、シャルメを見た。

「式は早いほうがいいわ。来年の春になったらすぐに式を挙げたらどうかしら」

「母さんは何を言っているんですか」

「何って、あなたとソフィアの結婚式の話よ。本当は冬になる前にと思うけど、それだと来賓の方々が間に合わないわ。あなたは忙しいでしょうから、私が準備をするわね」

柔和に話を進めるシャルメの横では、エミリアがニヤニヤしながらロドニーを見ていた。

「……母さんに任せます」

「これから忙しくなるわね。ああ、そうだわ。屋敷内の調度品も揃えたいのだけど、いいかしら？」

「お手柔らかに、願います」

ロドニーとソフィアの婚約は、すぐに発表された。来春早々に式を挙げることになり、付き合いのある貴族、付き合いはないが近くの貴族に招待状が送られた。

シャルメがどんどん外堀を埋めていく。もう後戻りはできない。もっともロドニーは後戻りするつもりはない。


婚約発表後、ソフィアは従士代理から婚約者になった。またソフィアの弟のバージスは一一歳になっていることから、ロドニーの小姓として出仕することになった。

「ば、バージスと申します。よろしくお願いします」

バージスはソフィアのような鋭い目ではないが、同じ緋色《ひいろ》の瞳をしている。活発な子どもではないが、思慮深いとロドニーは思っている。

「バージス、そう堅くなるな。お前は義理とはいえ、俺の弟になるんだ」

「はい、ありがとうございます」

　バージスはロドニーとも顔見知りだが、領主になってからはあまり会っていなかった。少し見ないうちに大きくなったと思った。


　バージスはよく働いた。ロドニーが屋敷にいる時は、ロドニーやソフィアと共に剣を振ったり、書類仕事を手伝ったりした。

　剣の才能はソフィアほどではないが、それでも『カシマ古流』を身につける前のロドニーよりは才能があった。努力次第でそれなりの剣士になるだろう。

　バージスは剣よりも頭の回転が早い。キリスから回ってくる書類を優先度順に並べたり、根源力などの知識も多い。武官としてではなく文官として、または文武両道の従士になってくれるかもしれないとロドニーは期待した。


　湖底神殿の攻略用に『風力水弾』をエミリアとソフィアに覚えてもらおうと思い、二人から『高熱火弾』を『分離』させた。

　この時、ロドニーはふと疑問に思った。この二つの『高熱火弾』を『結合』させたらどうなるのかと。

元々『火弾』と『高熱弾』を『結合』させている『高熱火弾』だが、さらなる『結合』ができるのかと疑問に思ってしまったのだ。疑問に思ったらやらなければ気が済まない。『高熱火弾』と『高熱火弾』を結合させる。かなり精神集中が必要で、『結合』の間ずっと二つの『高熱火弾』が暴れているような感覚を覚えた。『操作』も意識して使い、なんとか『結合』は成功した。『操作』がなかったら、成功しなかったかもしれない。

『結合』して新しくできた根源力は『爆砕消滅弾』というものだった。試し撃ちをしたいと思ったが、『高熱火弾』でも威力が大きかったのでラビリンスへ向かうことにした。

当然のようにエミリアとソフィアがついてくる。それに、バージスまでついてきた。

「バージスは絶対に前に出てはいけませんよ」

「はい、お姉様」

微笑ましい姉弟の姿を見て、ロドニーもエミリアに言う。

「エミリアは俺が護るからな」

「何言ってるのよ、私がお兄ちゃんを護るんだよ」

こちらは全然微笑ましくなかった。


廃屋の迷宮の一層。出てくるセルバヌイはエミリアが瞬殺した。その流れるような動きに、バージスは目をキラキラさせる。

一層は廃屋が多く立ち並ぶ廃村エリアだが、どこまでも続いているわけではない。奥まで進むとラビリンスの壁が行く手を阻む。

「ラビリンスの壁に向かって、『爆砕消滅弾』を試し撃ちしたいと思う」

「ラビリンスの壁は最上級根源力でも傷つけることができないと聞いています。試し撃ちには不向きではないですか？」

「そうでもないぞ、ソフィア。壊れないから、好きなだけやれるってもんだろ」

『高熱火弾』でもかなりの高威力なのだから、壊れないラビリンスの壁になら好きなだけ試し撃ちができるというものだ。

ロドニーは三人を下がらせ、壁から一〇〇メートルほど離れた場所で精神を集中する。両手をかざすと、そこに直径一〇センチメートルほどの光の弾が現れた。

「唸《うな》れ『爆砕消滅弾』！」

光弾が空気を切り裂き一瞬で壁へと到達し、めり込んだように見えた。かなり大きな力のはずだが、何も起きないことにロドニーは失敗かと思った。

壊れないと言われているラビリンスの壁にめり込んでいるだけでも、凄いことだとはさすがに思い至っていない。

後方にいる三人も、どうしたのかと首を捻《ひね》った。その瞬間、光弾がめり込んだ場所から四方八方にひび割れができて、大爆発を起こした。

大爆発の余波は、ロドニーにも襲いかかった。吹き飛ばされたロドニーは、瞬時に『金剛』を発動して地面を転がった。

余波は後方にいたソフィアたちにも襲いかかる。ソフィアはエミリアとバージスを庇《かば》うようにしてうずくまった。距離を取っていたことからロドニーのように吹き飛ばされることはなかったが、それでも『硬化』を発動していなければダメージを負っていただろう。

爆発が収まると、なんとラビリンスの壁が大きく抉られていた。直径三〇メートルほどがクレーターのようになっていたのだ。

壊すことができないと言われたラビリンスの壁を壊したことに、ロドニーたちは驚愕した。

「今の感じですと、最低でも三〇〇メートルは離れないと危険ですね」

ソフィアの言う通りだと思ったロドニーは、安全を考えて四〇〇メートルほど距離を取って再び試射をする。

結果、光弾は四〇〇メートルを一瞬で飛翔し、大爆発を起こした。ロドニーのところに爆風は届いたが、吹き飛ばされることはなかった。

先ほどと同じように、壁に三〇メートルほどのクレーターができていた。『爆砕消滅弾』の射程を把握するために、さらに距離を取って何度か試射をした。

最大有効射程は二キロメートルほどだとわかった。それ以上離れると、爆発時の威力が小さくなってしまう。だが二キロもの射程は他ではあり得ないことだ。『爆砕消滅弾』は武器になると思った。ただし使いどころが難しいとも思った。威力が高すぎて、味方を巻き込む可能性があるからだ。

そこでロドニーは考えた。『結合』した根源力同士をさらに『結合』できるのであれば、二つではなく三つ、四つの根源力を一度に『結合』できるのではないかと。

やってみたらできてしまった。『火弾』『水弾』『土弾』『風弾』の四つを『結合』したところ、『流体爆発弾』という根源力になったのだ。

この『流体爆発弾』の威力は『高熱火弾』とほぼ同等。速度は『風力水弾』未満『高熱火弾』以上。射程距離は二〇〇メートル以上あり、爆発の範囲がそれなりに広いのが特徴だ。水銀のような流体金属の弾で、対象に付着してから爆破する。地上、水中のどちらでも使えるものだった。

他の根源力でも色々試したが、『結合』できなかった根源力もあった。そんな中で、最大四つまでは『結合』できた。これが『結合』の限界なのか、今の限界なのかはわからない。

さらに『風力水弾』同士を『結合』した。できたのは『高速回転四散弾』。風を纏ったドリルのように回転する水の弾が着弾したら、広範囲を切り裂く刃を撒き散らした。

飛翔速度と攻撃範囲は『爆砕消滅弾』を凌駕《りようが》するが、射程距離は半分ほどだった。威力も『爆砕消滅弾』に比べれば低いが、それは『爆砕消滅弾』が高すぎるためだ。『高速回転四散弾』は『風力水弾』よりもはるかに威力が高い。あとは使い方次第だとロドニーは思った。

地上に戻って結合した根源力を、湖底神殿攻略組に与えた。領兵に結合した根源力を与えると、元になる生命光石を再度経口摂取しなければならず、全員に行き渡るまで数日かかった。

エミリア、ソフィア、ロクスウェル、エンデバーに『高速回転四散弾』を覚えてもらい、中堅領兵の一〇人には『流体爆発弾』を覚えてもらう。

最初は全員に『高速回転四散弾』を覚えてもらおうと思ったが、全員が同じ根源力を使うと戦術の幅を狭めてしまうと思って別にした。

メニサス騒動のことと『結合』に新たな発見があったため、湖底神殿攻略は延びに延びていた。

『高速回転四散弾』と『流体爆発弾』の訓練をしている従士や領兵を見ると、そろそろ湖底神殿の攻略も問題ないだろうと感じた。『高速回転四散弾』と『流体爆発弾』を使えるようになって、攻略の成功率はかなり上昇したはずだ。

「ロクスウェル。エンデバー。『高速回転四散弾』の使い方には慣れたか?」

「はい。いつでも湖底神殿へ向かえます」

「某もロクスウェル殿と同じにございます。しかし『高速回転四散弾』は素晴らしいものですな。最上級根源力と同等かそれ以上なので、使いどころが難しいですが」

領兵たちもかなり『流体爆発弾』に慣れたので、ロドニーは湖底神殿攻略の号令を出そうと口を開きかけた。

領兵の一人が駆け寄ってきてロドニーに屋敷に戻れと伝えなかったら、号令していただろう。

「け、賢者様がお越しになっております」

「は？　お師匠様が？」


急いで屋敷に戻ると、応接室でお茶を飲んでいる賢者ダグルドールとその妻のメリッサがいた。

「おう、ロドニー」

ロドニーの顔を見た賢者ダグルドールの最初の言葉はとても軽いものだった。

「お師匠様、奥様。ご無沙汰しております。お元気そうで、何よりです」

「ロドニーさん。婚約されたと聞きましたよ、おめでとうございます」

「おう、そうだ。めでたいな！　可愛い弟子の婚約を祝おうと思って、やってきたんだ」

「それはありがとうございます。ですが、お越しくださると知っていれば、お迎えにあがりましたものを」

「この人がロドニーさんを驚かそうと言うもので、ごめんなさいね」

子どもっぽいところがある賢者ダグルドールらしい。ロドニーは苦笑した。

「ところで、婚約者のソフィアはどこにいるのだ？　紹介してくれ」

応接室の外で待っていたソフィアが部屋に呼ばれた。訓練場から直接やってきたソフィアは鎧姿のままで、失礼になると辞退した。それを賢者ダグルドールは気にしないと高らかに笑った。

「賢者様。奥様。ソフィアと申します。このような恰好《かっこう》でお目にかかるご無礼をお許しください」

「よいよい。うむ、美人じゃないか。ロドニーも隅に置けぬのう、メリッサ」

「はい。綺麗な方です。ソフィアさん。私は何度か屋敷でお会いしてますが、これからは私のことを祖母だと思ってくださいね」

「滅相もない。恐れ多いことです」

ソフィアが慌てたが、メリッサは優しい笑みを向ける。

「ロドニーさんはウチの人の弟子です。弟子といえば子どもや孫と同じ身内です。つまりソフィアさんは私の子どもや孫と同じなのです。わかりましたね」

「ありがとうございます」

メリッサとソフィアが和やかに話をしている横でお茶を飲んでいた賢者ダグルドールが、ロドニーに顔を近づけて囁《ささや》いた。

「ロドニーよ、湖底神殿の攻略はまだだよな?」

「はい。準備は整いましたので、一両日中には」

賢者ダグルドールの視線が鋭いものに変わった。

「それ、わしも行くぞ」

「え?」

「わしも宝物庫を開ける手伝いをしてやると言ったのだ」

(俺とソフィアの婚約にかこつけて、本当はそれが目的か。お師匠様らしいな)

短い付き合いだが、賢者ダグルドールの性格は理解したつもりだ。子どもっぽく、好奇心旺盛、そして夢中になると周りが見えない。

ロドニーは、賢者ダグルドールも湖底神殿の攻略に連れていくことを約束した。動機がどうあれ、賢者ダグルドールの戦い方を見ることができるのは、ロドニーにとっても勉強になると思ったのだ。

「おい、ロドニー。あの少年は何者だ?」

部屋の隅で待機しているバージスを鋭い視線で見つめ、ロドニーにだけ聞こえる声で問う賢者ダグルドール。

「彼はバージス。ソフィアの弟で今は俺の小姓をしています」

ロドニーは賢者ダグルドールの鋭い視線に、バージスが何かしたのかと思い慎重に答えた。

「ほう、ソフィアの弟か」

賢者ダグルドールは顎に手をやり、バージスの中のあるものを見つめた。

「よし、決めたぞ！　ロドニーが最初で最後だと思っていたが、バージスをわしの弟子にするぞ」

「はい？」

急な話で、ロドニーは素っ頓狂な声を出してしまった。

「り、理由を聞かせてもらってもいいですか？」

「バージスから膨大な魔力を感じる。わしには敵わぬが、かなりの量だ。わしの後継者として魔法を叩き込んでやる」

「後継者ですか……？」

「バージスが魔法を修めたなら、わしの跡継ぎにしてやる」

賢者ダグルドールは領地を持たない宮廷貴族だが、伯爵の位を王家から与えられている。妻メリッサとの間には子どもはなく、このままでは伯爵家を継ぐ者はいない。

賢者ダグルドールが納得するレベルまで魔法を修めたら、跡取りとして伯爵家をバージスに継がせるというのだ。

「ロドニーは自力で爵位を上げよ。バージスにはわしの全てを授けてやる」

伯爵の位に興味はないと言えば、嘘になる。だが、弟子というだけで賢者ダグルドールから爵位を受け継ごうとは思ってもいない。爵位を上げるなら、自分の力で勝ち取りたい。

「は、はぁ……。皆と相談させてください」

バージスは従士家の当主であり、バージスが伯爵の養子になると家が絶えてしまう。

最下級貴族の騎士爵家の従士は、ほぼ平民だ。それが伯爵の跡取りとなれるのだから、とても良い話だ。

もっとも伯爵を受け継げるかは、バージス次第である。

ロドニーはすぐに関係者を集めた。バージス本人、ソフィア、リティ、バージスの母クラリス、シャルメ、ロドメルら従士全員。

そこで賢者ダグルドールがバージスを弟子にしたいと言っていることを話す。

「お師匠様が満足できる水準にバージスが育った暁には、ダグルドール家を継がすとも仰っておいでだ」

「賢者様は伯爵にございますれば、これほど良い話はないと思いますぞ、リティ殿」

ロドメルがバージスの祖母であるリティに話を受けるように勧める。他の従士たちも同様だった。

「それではフォルバス家に仕える従士が減ってしまいます」

長年仕えてきたフォルバス家を捨てて、伯爵家に行く。リティにとって不義理だと感じたのだろう、非常に苦い表情だ。

だが、ロドニーはそこまで気にしていない。必要であれば、従士を募集すればいい。領兵から引き上げてもいい。

それにロドニーとソフィアの間に二人以上の男子が生まれたら、一人をバージスの代わりに従士にしてもいい。

「伯爵家を継ぐというのは、先の話だ。まずはお師匠様の下で修行を行い、お師匠様の知識と技を習得する必要がある」

その技が魔法だとは言わない。あれは弟子であるロドニーだけが知ることだ。バージスが賢者ダグルドールの弟子になれば、それが魔法だと知るだろう。

「リティ、クラリス。この家のことは気にしなくていいわ。ロドニーとソフィアの間にできた次男に、従士家を継がせればいいのだから」

母シャルメはバージスが伯爵家を継げるなら、それはフォルバス家のためになると考えた。それにバージスにとっても決して悪い話ではないから、二人の背中を押してやる。

「母さん、まだ子どももできてないんだけど……」

「すぐにできるわよ。たくさん子どもを作ってちょうだい」

ロドニーは気が早いと言うが、その場にいる全員が子だくさんのほうがいいと思っている。だが今はロドニーとソフィアの話ではなく、バージスのことだ。

「バージスはどう思っているんだ？　俺たちが何を言っても、最後はバージス本人が決めることだぞ」

「僕は……賢者様の弟子になりたいと思います」

バージスはこの話を聞いた時、当然ながら驚いた。だがすぐに賢者ダグルドールの弟子になりたいと考えるようになった。

自分が幼かったためソフィアが従士として出仕するようになり、そのことが申しわけなかった。伯爵家を継ぐなどということは、どうでもいい。とにかくロドニーやソフィアの助けになれたらと思ったのだ。

賢者ダグルドールの弟子になり、その知識や技を受け継いだらロドニーたちの役に立てる。そう思ったバージスは、賢者の弟子になりたいと強く願った。

「そうか。お師匠様は厳しいぞ。いいか？」

賢者ダグルドールの厳しさを知る者が他にいるかはわからない。しかしロドニーには、ダグルドールを「厳しい」と断言できるだけの根拠があった。殴る蹴るの指導をする人物ではないが、その研究者気質は凄まじく、王都滞在中にロドニーは、何夜も徹夜での討論に付き合わされていたのである。ロドニーがダグルドールの下にいたのは一〇日ほどだったが、数カ月分にも感じるほど濃密な時間を過ごした。

おそらく魔法に関しても妥協はないはずだ。この世界ではダグルドール以外に魔法を使う者はいないだろう。その修行をするのだから、他の誰もが経験したことのない苦労があるはずだ。

「はい。賢者ダグルドール様の弟子として、恥ずかしくない努力をします」

ロドニーは頷き、リティとクラリスに視線を向けた。

「バージスがこう言っている。従士家のことは気にしなくていいから、笑って送り出してやれ」

ロドニーの言葉に二人は頷いた。

賢者ダグルドールに、バージスの弟子入りのことを頼んだ。賢者ダグルドールはすぐに修行を始めた。

最初は魔力を感じる必要があると言って、バージスの両手を掴むと魔力を流し込んだ。

それは激痛を伴うもので、バージスは悲鳴をあげた。

「ギイィィィィィィィイヤァァァァァァァァァァァァァアッ」

それは筆舌に尽くし難い痛みだった。

賢者ダグルドールに弟子入りした以上、ロドニーは決して口出しせずに見守ることにした。

「むむむ……。これは難しい……」

「ははは。『操作』持ちでも難しいか」

今、ロドニーはソフィアの石像を作っている。なぜこんなことをしているかというと、賢者ダグルドールが自動車を作る努力はしているのかと聞いてきたからだ。

ロドニーはそのことをすっかり忘れていた。忘れていたことを悟った賢者ダグルドールに、せっかく『造形加工』を持っているのに、今まで何をしておったのかとお叱りを受けてしまったのだ。

では、自動車を作るという話なのに、ソフィアの石像を作っているのはなぜか。それは『造形加工』で細かい作業をするのが、かなり難しいからだ。『操作』を持っているロドニーでさえ、『造形加工』を使いこなすのに苦労していた。

そこで、自動車の部品を作る前に、ソフィアの石像を作って細かな『操作』を覚えろと賢者ダグルドールが命じたのだ。

「ソフィアの像を作るのだ。お前が大好きなソフィアだ。妥協などするわけないよな?」

すごい眼圧を感じながら大好きなソフィアを作れと言われては、下手なものを作って妥協はできない。さすがは賢者ダグルドールである。言葉の使い方が上手い。

最初は三〇センチのソフィア像を作るのに数時間かかった。しかも出来上がったものは、とてもソフィアには見えないものだった。

三日間、寝る間も惜しんで取り組んだことで、イメージしたことを『造形加工』にスムーズにトレースできるようになった。

　硬い石がそのイメージによって粘土のように変形していき、ソフィアの姿を形成するまでに数分かかる程度まで練度を上げた。

「できた！　ソフィア。これ、どうかな？」

「それが私ですか？」

　ソフィアは自分によく似た一メートルほどの石像をぐるりと見渡した。

「私はこんなに胸は大きくないと思いますが……」

「いや、ソフィアの胸は大きいぞ！　じっくりと見た俺が言うのだから、間違いない！」

「ちょ、ロドニー様！　こんなところで、そういうことを言わないでください」

　周囲には賢者ダグルドールとその妻メリッサ、ロドメルなど家臣、エミリアもいた。

「あ、すまん」

「もう、ロドニー様は……」

　二人の雰囲気は良い。まさに相思相愛である。

「時に、ロドニー」

「なんでしょうか、お師匠様」

「お前はいつまでソフィアに『様』をつけて呼ばせるのだ？」

「え……考えたこともないです」

「お前の婚約者であろう。来年には夫婦《めおと》になるのだ、『様』はないだろ、『様』は」

気づけばソフィアは「様」をつけて自分を呼んでいた。それがいつからなのか忘れたが、幼い時は呼び捨てだったような気がした。

それが普通だったから特に何も思わなかったが、賢者ダグルドールの言うことはもっともだと思った。ソフィアに「様」を付けずに呼び捨てにするように頼んだ。

「しかし、私は……従士ですから」

「従士代理。でも、そんなことは関係ない。昔のようにロドニーと呼び捨てにしてくれ。もうすぐ俺の妻になるんだし」

「……わかりました。ろ、ロドニー……」

ソフィアは頬を染めてロドニーを呼び捨てにした。それが初々しいと賢者ダグルドールは思ったが、当のロドニーは恥じらうソフィアが可愛いと思った。

「よし、次はもっと大きなソフィア像を作るぞ！　等身大だ！」

海の底から拾ってきた石を収納袋から出して、それを『造形加工』でソフィア像に変えていく。

足はすらりと細く、しなをつくる腰つき、零《こぼ》れるかと思うような胸、凜とした瞳のソフィア像が出来上がった。

「美しい！　これぞ、俺のソフィアだ」

「恥ずかしいですから、そんなことを言わないでください」

製作者のロドニーが自画自賛するそのソフィア像は、ロドニーの仕事部屋に飾られることになった。

「よし、次は水中用の装備だ。ロドニー。気合を入れて作れよ」

ロドニーが『造形加工』の訓練をしていた間、賢者ダグルドールは湖底神殿の攻略についてロクスウェルとエンデバーから説明を聞いた。そこで問題視したのが、防具であった。赤真鋼の鎧は重く水の抵抗があって水中では動きづらい。だから、水の抵抗が少ない鎧をロドニーが考えている最中だ。

賢者ダグルドールはロドニーがせっかく『造形加工』を訓練しているのだから、鉄製の水の抵抗が少ない防具を作れと命じた。

赤真鋼の在庫があるのに、鉄の防具と言ったのには理由がある。『造形加工』で加工しようとしても、赤真鋼はほとんど変形しないのだ。それに鉄のほうが軽いという理由も大きかった。

鍛冶師でもかなりの腕を持っていないと、赤真鋼を扱うことはできない。それと同じように『造形加工』の練度が低いとダメなのだろうという判断だったのだが、ソフィア像を作れるようになっても赤真鋼は簡単に変形しなかった。あまりにも変形しないので赤真鋼の防具は諦めて、それよりも軽い鉄製の防具にすることにしたのだ。

鉄製の防具を作っては、水中での動きやすさを確かめた。これにかなりの時間がかかったが、なんとか水の抵抗を受けにくいものができた。

水中用の鎧は重量を抑えるために、部分的な防具になった。胸部や腹部のような急所を守る最低限のものである。重量を落として動きやすくさせると、どうしてもこのような形になる。


水中用の鉄製防具を人数分揃えるのにさらに三日ほどかかったが、なんとか様になった。

ロドニーは今度こそ本当に湖底神殿に行くぞと、従士と領兵に号令をかけた。

「これより廃屋の迷宮の六層へ向かう！」

「「「応！」」」

その露払いはロドメル率いる精鋭領兵たちだ。湖畔から支援をしてもらうため、精鋭領兵たちにも動員をかけた。それほどロドニーは気合を入れているのだ。

廃屋の迷宮の六層にある湖へとやってきた。

「湖底神殿を護る海人たちの数は、少なく見積もって数百。危険だと判断したら無理をせずに退く。いいか、無駄死にはするなよ」

「「「応！」」」

一回で湖底神殿を攻略できればいいが、戦力が足りないと思ったらもっと領兵を増やすつもりでいる。だから無理はしなくていい。湖底神殿を開かなくても特に困らないのだから。

「ロドメルたちは岸の安全を確保してくれ」

「承知しました」

ロドメルが率いる精鋭領兵たちには湖畔の安全を確保してもらい、ロドニーは賢者ダグルドール、エミリア、ソフィア、ロクスウェル、エンデバー、そして中堅の領兵一〇名を率いて湖底神殿へと向かう。

ソフィア、ロクスウェル、エンデバー、一〇名の中堅領兵は、水中用の鉄製防具を身につけている。この鎧に使われている鉄は、鍛冶師のペルトが他の金属を混ぜた合金にしているので錆《さ》びにくい鉄になっている。

赤真鋼の防具には敵わないが、鉄製としてはそれなりの強度を誇っているものだ。

ロドニーとエミリアは赤真鋼とバミューダ革の複合鎧を使う。バミューダの皮が素材に使われていることで、この複合鎧は水中用の鉄製鎧よりも水中で動きやすい。

賢者ダグルドールも自前の防具で身を護っている。かなり年季の入った革と金属の防具には、ペルトが知らない金属が使われていた。さすがは賢者と言われるだけあって、彼の引き出しはかなり多いようだ。

水中を湖底神殿目指して泳いでいくと、海人が六体向かってきた。

「あれはわしに任せるがいい」

「大丈夫なのですか、お師匠様」

「わしを老人扱いするでない！　わしの力を見ておれ」

賢者ダグルドールも『水中適応』を持っているため、水中でもなんの問題もなく活動できる。些か元気が良すぎるが、それも賢者ダグルドールだと誰も何も言えない。

「ウォーターサイクロン！」

渦巻きが発生し、六体の海人を呑み込んだ。渦が海人を呑み込むように動く様は、渦に意思があるように見えた。

海人は渦に呑み込まれ粉々に切り裂かれて消える。塵のようだとロドニーは思った。

「「「おおおっ！」」」

領兵たちは渦を作る根源力を見たことがないので、初めて見る光景と賢者ダグルドールの根源力を見ることができたと感動した。

「手応えがないのぅ」

「あのウォーターサイクロンという根源力は、どんなセルバヌイから手に入れられますか？」

笑みを浮かべた賢者ダグルドールに、ロドニーは聞いた。

「あれは根源力ではない。魔法だ」

賢者ダグルドールはロドニーにだけ聞こえるように囁いた。ロドニーはあれが魔法かと、根源力とは別の力を目にできて嬉しく思った。

湖底神殿が近づくにつれ、海人の数が増えていく。鱶のようにロドニーたちの匂いを嗅ぎつけてきたようだ。

「いやー、久しぶりの戦いで、血が滾《たぎ》るぞ！」

賢者ダグルドールは喜々として海人をぶっ飛ばしているが、海人もただ殺られるだけではない。トライデントの先から発する水球がいくつも向かってくる。

だが、賢者ダグルドールは根源力ではなく、魔法でこれらの攻撃を防ぎ、海人を蹴散らす。細身で比較的小柄、しかも高齢の賢者ダグルドールの戦う姿に触発されたのか、ロクスウェルとエンデバー、そして領兵たちも戦いに加わった。

「よく鍛えられた兵たちだ」

「従士たちがしっかりと指導してくれたおかげです、お師匠様」

「うむ。それがわかっていればいい。全てがロドニーの力ではない。お前を助けてくれる者がいてこその力だ。そのことを決して忘れるでないぞ」

「はい。お言葉、ありがとうございます」

賢者ダグルドールでさえも、昔は挫折しかかった。仲間や自分を支えてくれた者たちがいてこそ、今の賢者ダグルドールがある。その経験があるからこその言葉だ。

「しかしあの『流体爆発弾』と『高速回転四散弾』は、素晴らしいな。放出系の根源力は水中であまり威力を発揮せぬが、この二つの根源力は常識外れの威力だぞ」

賢者ダグルドールが感嘆するように、ロクスウェルたちの『高速回転四散弾』と『流体爆発弾』は水中であっても非常に威力が高かった。

「領兵に『水中適応』を覚えさせる貴族はいるが、放出系の根源力は覚えさせない。ほとんど意味がないからだ。ロドニーは水中戦において、大きな力を得たことになる。アホな奴はそれをやっかむから、使いどころには気をつけるのだぞ」

「肝に銘じておきます。お師匠様」

湖底が砂から岩に変わると、ここからが本番である。

岩場を少し進むと、湖底神殿の方向から二〇〇体を超える数の海人が向かってくる。圧倒的な数だ。

「ここは我らが」

「ロドニー様たちは力を温存しておいてください」

「頼むぞ。ロクスウェル、エンデバー」

「「はっ」」

ロクスウェルとエンデバーは、領兵たちを率いて前進した。水中戦は地上戦と違って前後左右を警戒するだけでは不備がある。前後左右に加えて上下も警戒しなければならない。一二名で立体的に警戒できる隊形を組んだ。

『『流体爆発弾』用意！』

「「「応！」」」

攻撃指示はロクスウェルが受け持つ。対して防御に関してはエンデバーが行う。海人の数が数百体になることから、二人が考えに考え訓練に訓練を重ねた結果、このような連携になった。

「撃て！」

『流体爆発弾』が一斉に放たれ、それが海人に着弾。数が多いので撃てば海人に当たる状態だ。

べちゃりと付着した流体金属が、その周囲の海人まで巻き込んで爆発した。爆発により大量の泡が発生し、視界が遮られる。だがロクスウェルはお構いなしだ。

「次弾、撃て！」

泡で視界が遮られても、その向こうには大量の海人がいる。見えなくても撃てば当たる状態だ。

泡を通り抜けた先で爆発が起こると同時に、ロクスウェルは下降を指示した。

ロクスウェルの思った通り、海人たちは散開していた。狙い通りだとニヤリと口角を上げたロクスウェルが、再び『流体爆発弾』を撃つように命じた。

領兵たちはロクスウェルの命令通り、一糸乱れぬ動きを見せた。海人が圧倒的な数なので、領兵たちの練度が低いと生きて帰れない。そういった意識を共有できていて、必死で訓練したのだ。

ロクスウェルは巧みに部隊を動かしながら、海人の攻撃をいなして攻撃を加えている。

海人の数は多い。しかも戦闘が始まってからも湖底神殿から増援がある。ロクスウェルが巧みに部隊を動かしても、数の差は埋めようがない。

「上方、数三〇、迎撃する！」

エンデバーが上方に『高速回転四散弾』を撃った。圧倒的な速度で水中を進んだ『高速回転四散弾』は一体の海人に着弾し、周囲に無数の刃を撒き散らした。

ロドニーが知る限り最大の攻撃範囲を誇る『高速回転四散弾』は、三〇体の海人を一瞬で切り刻んだ。

パラパラと生命光石が落ちてくるのを気にすることなく、エンデバーは油断なく全方位に意識を向ける。

「よし、後退！」

ロクスウェルが海人を牽制《けんせい》しながら、海人との距離を取ろうとする。

海人は距離を取られまいと、前進してくる。

だが、ロクスウェルは部隊を半円状に展開し、突出した三〇体ほどの海人に集中砲火を浴びせた。

「あの者、なかなか戦巧者だな」

「おかげで楽ができます」

「楽をしすぎるのは、いかんぞ」

「承知しています。お師匠様」

その後もロクスウェルは巧みに部隊を運用し、攻めてきた三〇〇体近い海人を倒すに至った。

さすがに領兵の疲弊は激しく、ロドニーは領兵を後方に下げる判断をした。

「これよりは、領兵の援護なく進む。エミリア、ソフィア。いいな」

「まかせてよ、お兄ちゃん！」

「ロドニー様に勝利を！」

ソフィアの口調が従士のそれに戻り、ロドニーに「様」をつける。それほど緊張しているのだ。

「我らも行けるところまでお供いたします」

「露払いはお任せあれ！」

ロクスウェルとエンデバーはまだ動ける。素晴らしい精神力だと、ロドニーは頼もしく思った。

「お師匠様も無理をされないように」

「誰に向かってものを言っておるか！　ワシの心配をするのは一〇〇年早いわ！」

久しぶりの実戦に、血が滾る賢者ダグルドール。幾度となく危機を乗り越えてきた精神力と体力は、年老いたといっても健在であった。

「進め！」

ロドニーの号令と共に、皆が進む。まだ数百の海人が湖底神殿を護っている。だが、その数はかなり減っているように見えた。

「ウォーターサイクロン！」

最初に動いたのは、賢者ダグルドールだった。二〇体ほどの海人を生命光石に変えた。

「『高速回転四散弾』！」」

ロクスウェルとエンデバーが同時に『高速回転四散弾』を撃ち、さらに五〇体ほどが生命光石に変わった。

「私も負けてられないわ。『高速回転四散弾』！」

エミリアの『高速回転四散弾』によって、三〇体の海人が生命光石に変わった。

「ロドニー様の邪魔をするものは、全て薙ぎ払います！」

ソフィアの強い意志によって発動された『高速回転四散弾』は、密集していた海人六〇体を切り刻んだ。

「ソフィアよ、やるではないか」

「賢者様にお褒めいただき、この上なき誉れにございます」

「だが、その堅い物言いはいかんぞ。心に余裕がない証拠だ。心を落ち着けるのだ」

「……ありがとうございます」

賢者の言葉を受け、ソフィアは肩に力が入っていることに気づいた。こういったところは、年の功であった。

「ははは。肩の力が抜けたようだな。うむ、素直なことは良いことだ」

喋りながらも魔法を発動する賢者ダグルドールは、その称号に恥じぬ実力を発揮していた。

ロドニーも『高速回転四散弾』を連発し、海人を倒していった。

群がる海人は数をかなり減らし、集団ではなく個、または少数で襲ってくるようになった。

こうなると、『高速回転四散弾』では効率が悪い。白真鋼剣を抜いて、海人を斬っていく。

「ははは。ロドニーよ、戦いは楽しいのう」

「そう思えるのは、お師匠様のような強者だけです」

「何を言うか、お前も強者の一角に入っているぞ」

二人は喋りながらも接近してきた海人を屠《ほふ》る。ロドニーは白真鋼剣で、賢者ダグルドールは格闘が得意のようで海人を殴り殺していく。

「お師匠様。あまり無理をしないようにしてくださいね。奥様にもはしゃぎすぎないように言われてますよね」

「うるさいわい！　こんなもの、準備運動にもならんわ！」

徐々に近づく湖底神殿。その厳かな外見からそれが神殿に見えたロドニーだが、おそらくは宝物庫である。

ロドニーたちは湖底神殿に取りつこうと、進む。そんなロドニーたちの前に大きな影が現れた。

「バラタヌスです！」

ロクスウェルの声が響く。

「なんじゃ、あのキモイ奴は」

黒光りするゴキカブリの頭部を持ったヘビのような体をしたセルバヌイ。水中ではその巨体に似合わぬ速度で移動できる化け物だ。

「ロドニー。あれはわしに任せて、先に行け」

「しかし……」

「あんなもの、わしにかかればちょちょいのちょいだ。お前は湖底神殿のカギを開けるのだ」

「……わかりました。お任せします」

「「賢者様を援護いたします！」」

ロクスウェルとエンデバーが、賢者ダグルドールを援護するために残ると言う。ロドニーは頷き、二人と賢者ダグルドールにバラタヌスを任せることにした。

「エミリア、ソフィア、行くぞ」

「「はい！」」


バラタヌスと賢者ダグルドール、ロクスウェル、エンデバーの戦いが始まった。

地上と違い、水中ではバラタヌスの動きは素早い。ロクスウェルとエンデバーの二人は、バラタヌスの動きを牽制するから賢者ダグルドールに大打撃を与えてほしいと頼んだ。

「よいじゃろう。わしの力をとくと見るがよい」

「「はっ！」」

二人も伊達《だて》にデデル領の海で訓練してきたわけではない。デデル領の海は沖へ二〇〇メートルも行くと、かなり速い海流が流れている。その海流に抗《あらが》うことで、水中でも自在に動けるように訓練してきたのだ。

バラタヌスの速い動きにも負けない動きをする二人を見て賢者ダグルドールは目を細め、自分も負けていられないと口角を上げる。

バラタヌスの大きさは経験豊かな賢者ダグルドールであっても、滅多に見ないほどのものだ。久しぶりの大物に、心が躍る。

賢者ダグルドールは魔力を練り上げる。

「ロクスウェル！　エンデバー！」

「「応！」」

バラタヌスの視界に賢者ダグルドールが入らない位置まで、二人は全力で誘導する。

「キモイ化け物め、死にさらせ。デスキャノン！」

死の気配を感じたのか、バラタヌスは賢者ダグルドールへと顔を向けた。時すでに遅し、デスキャノンの黒く淀んだ砲弾が目の前まで迫っていた。

バラタヌスはその砲弾をなんとか避けようと巨体をよじるが、砲弾はバラタヌスの頭部のつけ根に命中した。

「ギャアアアアアアアッ」

不快な悲鳴が水を伝った。

デスキャノンが命中した場所が黒く変色している。その黒は徐々にバラタヌスの体に広がっていく。

美しいコバルトブルーの鱗が、黒く変色してボロボロと剝がれ落ちる。皮膚が腐っていくのがバラタヌスにもわかるくらいの苦痛が襲う。皮膚の下の肉を腐らせ、さらには骨や

内臓を壊死させていく。苦痛に暴れ回ったバラタヌスだが、次第に動きが悪くなっていき、全身が黒く変色したところで動かなくなり、塵となって消え去ったバラタヌスの生命光石が、湖底へと落ちていく。

「あんな根源力は見たことがありません。さすがは賢者様です」

「ロクスウェルよ、世の中は広い。人が知り得ることなど、この世界のほんの一部でしかないのだ」

「賢者様のお言葉、しっかり覚えておきます」

生命光石を大量に確保できる者でなければ、根源力を得ることができない。それさえクリアすれば誰でも使えるものだ。だが魔法というものは根源力と違って、誰でも使えるものではない。

この世界で魔法を使える者がどれだけいるだろうか。長く生きている賢者ダグルドールでも、バージス以外で魔力を持っている者を知らない。

仮に魔力を持った者がいたとして、魔法を使えることに気づくだろうか。難しいだろう。誰も魔力に気づかない。それが、この世界で魔法が発展しない理由かもしれない。

賢者ダグルドールは自分の魔法を後世に伝えることができないことを嘆いていた。この世界では魔法の修行よりも楽に根源力を得ることができる。それが弊害になっているのかもしれない。

だがバージスという自分に匹敵するほどの魔力を持った少年を見つけた。体が震えるほどの歓喜だった。

今回は連れてきていないが、いつかバージスが新たな賢者となるだろう。必ずそうなるように育ててみせる。

その意気込みが、今日のアルガス＝セルバム＝ダグルドールにあった。

湖底神殿に向かったロドニーたちは、迫り来る海人を斬り飛ばして進んでいた。どこから湧いて出てくるのか、斬っても斬っても海人は出てくる。

それでもロドニーたちは進んだ。そして、とうとう湖底神殿に辿りついた。

ロドニーたちが湖底神殿の入り口の前に立つと、不思議と海人たちは襲ってこなくなった。海人たちは湖底神殿から一定の範囲には入ってこられないのだ。

「なんというか、大きいね」

エミリアが巨大な湖底神殿を見上げる。

「この巨大な扉を開けるのは、かなり苦労しそうです」

ソフィアは現実的な考えを口にした。

「これほどの彫刻を誰がしたのかな?」

ソフィア像を作った今ならわかるが、湖底神殿の壁に施されている彫刻の繊細さは、まるで天才彫刻家が彫ったもののようだ。今のロドニーでは、その足元にも及ばない。

誰がラビリンスを作ったか賢者ダグルドールにもわからないらしいが、その造形美は感嘆しきりのものだった。

「お兄ちゃん、早く中に入ろうよ!」

懐からカギを取り出して、扉にかざす。

この湖底神殿が宝物庫であれば、これだけでカギが反応するらしい。

光がカギを包み込み、それがスーッとカギごと消えてしまった。賢者ダグルドールの言う通り、この湖底神殿は宝物庫だったのだ。

「お兄ちゃん、扉が開いていくよ」

巨大な扉が徐々に開いていく。中から眩い光が漏れ出してきた。

眩しさに腕で光を遮る。光がロドニーたちを包み込む。

「「「………」」」

気づけば、三人は宝物庫の中にいた。

「お師匠様が言っていた通りだな」

どういう原理かはわからないが、一瞬で移動したようだ。ただ光に包まれただけで、それ以外は何も感じなかった。

宝物庫に入ることができるのは、たった三人。それ以上の人数がいても三人しか宝物庫に入ることができない。カギをかざした者と、他に二人は勝手に選ばれる仕組みだ。

二カ所の宝物庫を開いたダグルドールからそのことを聞いていたため、この三人で挑むことにした。いつもの三人だから、気心も知れている。それが一番の理由だろう。

「お兄ちゃん……」

「ロドニー様……」

「お、おう……」

宝物庫の中には水はなく、代わりに石の巨人が立っていた。ブリアレオスである。

「これはまた大きいな」

その大きさはオブロス迷宮で遭遇したブリアレオスよりも大きかった。容姿はまったく同じで三つの頭と八本の腕があるが、倍近い大きさだ。

後方を見ると、扉は固く閉ざされていた。

宝物庫には必ず守護者が存在している。その守護者を倒すか、死ぬか。逃げることはできない。賢者ダグルドールの言っていた通りである。

「エミリア、ソフィア。先制攻撃だ」

「「はい」」

三人は剣を抜くと構えた。

エミリアとソフィアが、ブリアレオスに向かって『高速回転四散弾』を撃つ。同時にロドニーも『爆砕消滅弾』を撃った。

三人が射出した極悪な根源力は、一瞬で巨大ブリアレオスに到達し、大爆発を起こした。

『鉄壁』『堅牢』『金剛』といった防御力を上げる根源力を発動し、三人は爆風に耐える。

爆風が収まる。巨大ブリアレオスは傷ついているが、健在だった。

「オブロス迷宮の奴よりも硬い⁉」

「ロドニー様。口が開きました」

それはビームの予備動作だ。

「迎え撃て！」

「「はい」」

エミリアとソフィアが、再び『高速回転四散弾』を撃つ。それと同時に巨大ブリアレオスの口からはビームが放たれた。

三つの顔から射出された三本のビームが迫り来る。二人の『高速回転四散弾』はビームと接触することなく、巨大ブリアレオスへと飛翔する。

ロドニーも根源力を発動させる。だが、今回は『霧散』だ。迫り来る三本のビームが掻き消えた。

二発の『高速回転四散弾』が巨大ブリアレオスに着弾し、再び爆発が起こる。

ロドニーは、休むことなく『爆砕消滅弾』を三連射した。

圧倒的な爆発が起き、爆風が三人を襲う。ロドニーは『金剛』を発動させてエミリアとソフィアを護るように前に立つ。

爆風の中、巨大ブリアレオスがまだ健在なのは、『鋭敏』によって鋭くなった感覚が教えてくれた。

「まだ生きているぞ。頑丈な奴め」

守護者は通常のセルバヌイと違い、非常に強力で頑丈。賢者ダグルドールの言葉を思い出す。

巨大ブリアレオスが動き出したのがわかった。床を破壊するほどの地響きを立てたのだ。

姿を現した巨大ブリアレオスは、顔が二つなくなり、腕も一本しか残っていなかった。胸にも穴が開いており、向こう側が見える。それでもまだ動くのだから、頑丈というよりはしぶとい、さらに言うとしつこいと形容するのが正しいだろう。

「お兄ちゃん、ソフィア、行くよ！」

「おう！」

「はい！」

三人は散開して飛び出した。

エミリアが直線的に巨大ブリアレオスとの間合いを詰めると、一本だけ残った太い腕が振り下ろされて拳が床にめり込んだ。

エミリアは飛び上がって、その太い腕に着地。そのまま腕を駆け上って、顔に刺突四連。石の顔が破壊されるが、頬が抉れた程度だ。

「あんた、硬いのよ！」

巨大ブリアレオスはエミリアを振り落とそうと、大きく上体を動かした。エミリアは後方宙返りを決めて着地する。

ソフィアとロドニーは左右から、巨大ブリアレオスの足に斬りつける。ソフィアの一撃は、赤真鋼の大剣が太い足を抉った。そこからヒビができて広がっていく。

ロドニーも巨大ブリアレオスの足に斬りつけた。『怪腕』『加速』そして『カシマ古流』、さらには『覇気』を白真鋼剣に纏わせた一撃は、神の一撃とも言うべき鋭い斬撃だった。

巨大ブリアレオスの自重によって、ソフィアの攻撃で生じた足のヒビ割れが広がっていく。反対の足は、ロドニーの攻撃によって足首に一筋の線ができてそこからズルリと落ちた。

体勢を崩した巨大ブリアレオスは、轟音を立てて倒れる。ロドニーの『爆砕消滅弾』三連射によって腕のほとんどを失っていることから、受け身を取れず派手に倒れるしかなかったのだ。

「二人の共同作業に負けないんだから！」

「「そんなんじゃ！」」

ソフィアとロドニーの攻撃を共同作業と言うエミリアが、三人に見えるほどの速度へと加速した。

「「エミリア命名、必殺一五連突き！」」

三人のエミリアが巨大ブリアレオスの頭部に攻撃を加えた。三人がそれぞれ五連突きなのか、一人が一五連突きなのか見えないほどの刺突攻撃だ。

巨大ブリアレオスの頭部が爆《は》ぜた。それがとどめになって、巨大ブリアレオスは塵になって消えた。

戦いの余韻なく、巨大ブリアレオスが消えたその跡に山のような宝が現れた。今までの戦いが嘘のように、神殿内の傷跡も修復されていた。

「おおおっ、これは凄いな」

「金貨が山のようにあるわよ、お兄ちゃん」

「本当に宝物庫だったのですね」

ロドニーたちは山のような宝を前に、座り込んで笑い合った。

六章 宝物庫の宝がもたらしたもの編

湖底神殿を攻略し、宝物庫のお宝を持ち帰ったロドニーは、従士と領兵たちにボーナスを出した。

持ち帰ったお宝は、大金貨が三〇〇〇枚、金塊二トン、銀塊一〇トン、宝剣二振り、鎧二領、生命光石三個、他にアイテム五種だった。

販売好調のガリムシロップは、竈《かまど》を一〇カ所に増設して早番と遅番の二交代制で生産している。その生産量は月間三〇〇〇キログラム、売り上げは大金貨一二〇枚（年間一四四〇枚相当）である。

宝物庫から持ち帰った大金貨だけで、ガリムシロップの売り上げの二年分にもなる大金だ。

湖底神殿攻略を祝うパーティーも盛大に行った。収穫の時期だったので収穫祭も合わせて行い、デデル領全体で盛り上がった。


「ロドニーよ。これは兵器だぞ」

「やはりそうですか」

宝物庫から持ち帰ったアイテムのうち、二つは明らかに兵器とわかるものだった。

ロドニーも前世の記憶からそれがビームのような集束した光を放つものだと思っていたが、賢者ダグルドールの言葉によって確信を持った。

「遺跡からこういった兵器が出土する。学者たちがそれを研究しているが、簡単な修理はできても再現はできていない」

隣国との紛争の原因となっているセルド地方ゴドルザークの森の中にも遺跡がある。その遺跡が発見されてすぐに侵攻を受け、調査どころではなくなった。だが遺跡は他にもあり、そこから発掘されたものの中には兵器もあった。

どの国にとっても遺跡の発掘は、最優先事項になる。その理由がこういった兵器だ。

「ゴドルザークの森の遺跡は、まともに探索さえできぬ状態で五〇年も経ってしもうた」

「お師匠様でも、ジャバル王国軍を退けられないのですか」

「やろうと思えばできる」

なぜしないのか、ロドニーは思考を巡らせた。

（ジャバル王国軍を退ければ、遺跡の探索は進むのだから王国に損はない。いや、それだけの戦功を立てたお師匠様に、それなりの褒美を与えなければならない。それが遺跡に関することなら、国はこういった兵器の所有権を手放すことになるのか……それでお師匠様に依頼をしないのか？）

もしそうなら戦役を課せられている貴族たち、その戦争で身内が死んだり一生癒えない傷を負ったりした者は王家を恨んでいいだろう。

(いや、待てよ……まさか貴族の力を削《そ》ぐために、この戦争を利用しているのか?)

そのほうがしっくりくる。王家は貴族の力を削ぐために、この戦争を利用しているのだと、ロドニーは考えた。

「ロドニーよ。ここでは良いが、外ではうかつなことを口にするでないぞ」

「はい。お師匠様」

ロドニーの考えが正しいことを、賢者ダグルドールは示唆した。

戦争は貴族が財産を蓄え、兵馬を養うことを抑制する。同時に王家への不満も溜まることになる。

ロドニーのような下級貴族は王家の考えに思い至らないかもしれないが、上級貴族の中には王家の思惑を見透かしている家も多い。

(すでに五〇年も戦争をしている。その間に多くの人が犠牲になった。俺のように肉親を戦で失った貴族は多いはず。王家はその不満を感じているのだろうか?)

「このまま戦争を続けた場合、王家の求心力は低下するのではないですか?」

「そんなものは、とっくの昔に地に落ちておるわ。お前は知らぬであろうが、多くの貴族が不満を持っておる。しかし大臣どもがそれを握り潰しておるのだ」

「状況報告会の場でそういったことを訴えることはできないのですか？」

状況報告会は領地持ちの貴族の言葉を、国王に直接届けることができる場だ。そこで誰も何も言わないのかと、不思議に思った。

「大臣たちがあの場にいるのは、そういった行動をとった者を牽制するためよ」

「それならお師匠様なら――」

「何度か国王に話をしたことがある。だが今の国王は大臣たちから聞いたことがないという理由で、まったく危機感を持たなかった。嘆かわしいものだ」

国王は賢者ダグルドールよりも、大臣たちの言葉を信じる。国王が誰を信じるかは、国王次第。信じたい者を信じ、そうでない者は信じない。愚鈍な君主であると、賢者ダグルドールは首を振った。

「ロドニーもそのうち出征することになろう。その時には無駄に命を散らさぬようにすることだ。あんな戦争で命を散らすのは、バカらしいわい」

その戦争で父は死んだ。ロドニーはなんとも言えない表情をした。

「おっと、これは失言だったな。ロドニーの父親をバカにしたわけではないからの」

「はい。わかっています」

ロドニーと賢者ダグルドール、そして弟子になったバージスは、極秘裏にビーム砲を解体した。

前世の記憶を持つロドニーは、解体した部品がどういったものかほとんど理解できたし、根源力の『理解』もよい仕事をしてくれた。

また、宝物庫から持ち帰ったアイテムの中に、鑑定片眼鏡《モノクル》というものがある。この鑑定片眼鏡の効果によって、理解できない部品のことがわかった。

ロドニーはビーム砲の部品を一個一個記録し、『造形加工』で複製し、ビーム砲を新しく造り出した。

「これは大変なことだ。古代兵器を複製したのだからな。だがな、ロドニー」

「他言は無用ですね？」

「そうだ。このことは我ら三名の胸の中にしまい込め。いいな。ロドニー、バージス」

「「はい！」」

宝物庫を開いたことは報告する義務がある。だから報告するが、ロドニーがビーム砲を複製できることは極秘にする。


晩秋の頃に、一年かけて集めた生命光石をバッサムに送る。これは王家への上納用の生命光石になる。

北部の各領地からバッサムに集められた生命光石は、国軍によって王都へと運ばれる。

いつもは従士の誰かがこの任にあたるが、今回はロドニーが直々に輸送を指揮した。

中央から派遣されてきた徴石官《ちようせきかん》に生命光石を引き渡すと、その足でバニュウサス伯爵に面会した。

「なんと、宝物庫を開けたのか⁉」

「賢者様の指導によって、なんとかなりました」

バニュウサス伯爵はラビリンスの宝物庫のことを知っていた。ロドニーは領主としての教育を受ける前に父親が亡くなったためこういったことを知らなかったが、貴族の当主であれば当然のように知っていることだ。

「宝物庫を開くと、強力な守護者がいると聞く。それを倒したということで間違いないのだな？」

「はい。強力なセルバヌイが待ち構えておりましたが、倒しました」

宝物庫に入れるのはたった三人。その三人で守護者を倒すと、宝物を得られるという仕組みだ。賢者ダグルドールからそのことを聞いていたロドニーは最善のメンバーで挑み、見事に守護者である巨大ブリアレオスを倒した。

「宝物庫からは金銀財宝だけではなく、アイテムも得られたはず。このことは王家へ報告せねばならぬが、アイテムのことを聞いてもいいかね？」

バニュウサス伯爵に五つのアイテムについて教えた。

宝物庫の宝物は王家に献上する義務はないが、報告の義務はある。隠していると罪に問われるものだ。

これは王家に報告した後に公開されることが多い。公開されなくても、情報は漏れるものだから隠す意味はあまりない。

・ビーム砲：　巨大ビーム兵器。固定型。
・電磁投射砲《レールガン》：　超巨大遠距離攻撃兵器。固定型。
・鑑定片眼鏡：　対象のアイテムの用途、詳細を知る。
・怪腕の指輪：　根源力の『怪腕』と同じ効果を得る。
・自動防御ベルト：　装備者への攻撃を自動で防御する。

どれも素晴らしいアイテムであった。バニュウサス伯爵も、さすがは宝物庫のアイテムだと感嘆している。

守護者を倒せる戦力があり、宝物を所持していることが公になると、それを狙って近づいてくる人物が増える。顔を見たこともないような老婆が親戚だと名乗り出たり、はたまた、これまで付き合いもなかったような貴族や商人が、さも親しげに話しかけてきたりするのだ。

そういった者たちの全てを排除はできないので、バニュウサス伯爵は注意するように促した。

「本来は献上する義務はないが、一つでも献上すれば陞爵《しょうしゃく》できるほどの功績だ。ロドニー殿はどうするのだ」

「はい、ビーム砲を献上しようかと考えています」

ビーム砲だけでなく、電磁投射砲も分解して複製に成功している。共に王家に献上しても構わないが、大盤振る舞いするほど王家に思い入れはない。

むしろ戦争を利用して貴族家を疲弊させようとするその根性が気に入らなかった。

国王が主導してそのような政策が行われている可能性は低い。おそらく四大臣あたりが本当の害悪なのだ。ただし国王はそれを見過ごしていると、ロドニーは思っている。賢者ダグルドールの言動もそのことを示唆していた。

「ふむ。この中ではビーム砲、電磁投射砲、自動防御ベルトのどれかだろう。妥当なところだな」

ビーム砲と電磁投射砲は、王家の戦力を底上げする。それに対して自動防御ベルトは、国王が使用することで暗殺などを防げるものだ。

その三つの中では、自動防御ベルトの複製はできていない。だから献上品の対象にはならないと、ロドニーは思っている。

「して、対価に何を望むつもりかな？」

宝物庫の宝物を献上する以上、それなりの見返りがある。それがこれまでの慣例だ。通常は陞爵や領地の加増だが、ロドニーが何を望むのかバニュウサス伯爵は興味を惹かれた。

ロドニーは望むものをバニュウサス伯爵に教えた。理解を得て協力を得るためだ。

「ロドニー殿の話はわかった。いいだろう、私からも王家に書状を認めよう」

「ありがとうございます、閣下」


ロドニーはその足で王都へ向かった。早くしなければ冬になってしまう。最下級貴族の騎士爵が謁見を申し入れても何日も待たされることになるだろう。そういった時間はもったいない。しかし、しなければならないことだ。

だがその予想は覆された。宝物庫を開いた者はある意味英雄である。さらに言うと、賢者ダグルドールの弟子というネームヴァリューもある。そのロドニーとの謁見は、最優先に扱われた。

賢者ダグルドールの言葉に耳は貸さないが、その名声は恐れる。国王の振る舞いは実に矛盾したものであった。

「北部デデル領が領主、ロドニー＝エリアス＝フォルバス騎士爵。前に」

たかが騎士爵と国王との謁見にもかかわらず、謁見の間において正式な面談が行われた。

宝物庫の宝物は、それほどのものだということだ。

「この度、フォルバス卿によって、廃屋の迷宮の宝物庫が開かれた。フォルバス卿は守護者を討伐し宝物庫の宝物を持ち帰り、王家に宝物を献上するに至った。よき、心がけである」

（献上しなければならない慣例を作っておいて、よく言う。だが、そのおかげで望みが叶うのだから文句は言わないけど）

大臣の一人、大鼻のコードレート大臣が羊皮紙に書かれた内容を読み上げていく。その表情は苦虫を噛み潰したかのようなものだった。

（俺が何かを得ることが、そんなに面白くないのかな？）

「フォルバス卿よ。宝物庫の解放、祝着である。また、素晴らしいものを献上してくれた。嬉しく思うぞ」

国王は素直に喜んでいるように見えた。

「はっ、お褒めに与《あずか》り、恐悦至極にございます」

「デデル領に港を開きたいと聞いた。今回の献身を勘案して、それを許可するものとする。今後も王家への忠誠に励むがよい」

「ありがとう存じます。王家に一層の忠誠をお誓いいたします」

ロドニーが望んだものは港だ。ガリムシロップの輸出に使える港、そしてビール、イカの一夜干し、シャケの魚醤燻製などを大量に輸出できる港が欲しかった。

小さな漁港はいくらでも築けるが、交易を行う港は王家の許可がないと築けない。ロドニーは交易港が欲しかったのだ。

もちろん造船所も造ることになる。船大工を招聘する必要があるが、そこは祖父のハックルホフに頼めばなんとかなると楽観視している。最悪、ロドニーが『造形加工』で建造してもいい。

交易港を開くには、バニュウサス伯爵にも話を通さなければならなかった。

今はバッサム港が最北の港だが、デデル領に港が開港したらバッサム港が中継地になる。そこを治めているバニュウサス伯爵に、仁義を通しておかなければならなかったのだ。

謁見が終わると、ロドニーは急いで領地に帰った。もうすぐ冬がやってくるためだ。わざわざこの時期に王都へやってきたのも、冬が近いからだ。最北の地であるデデル領は雪深いため、それを理由に貴族からのパーティーや茶会の誘いを断ることができた。

最北の騎士爵が宝物庫を開いた噂は、すぐに王国中に広がった。だが、冬の北部には行けない。いや行けないことはないが、移動にかなり苦労する。それに寒い。とにかく寒いのだ。

特に最北のデデル領は、雪で閉ざされている。美味しい思いをしたい者たちの熱意を冷ますには良い時間になってくれるだろう。

雪降るデデル領。深い雪に閉ざされ、孤立する最北の騎士爵領。そんなデデル領の領主屋敷は、熱かった。

領主であるロドニーは、賢者ダグルドールの催促によって自動車を再現するための努力をしていたのだ。

『操作』と『理解』を発動させて『造形加工』を補強し、自動車の部品を作っていく。

最も重要なのはエンジンだが、そもそも石油がない。石油がなくてはガソリンや軽油などの燃料が得られない。

どこかを掘ったら石油が出てくるかもしれないが、そんな博打《ばくち》をするくらいなら他の方法を試す。

ビーム砲を解体したことで、生命光石をエネルギー源にした発電機はすでに複製可能だ。しかもビーム砲の発電機が大容量の電気を発生させる。だからモーターで動く自動車を開発することにした。

宝物庫で入手したビーム砲を、賢者ダグルドールと共に触りまくったことで自動車に応用できる技術が手に入ったのは大きい。

発電機は自動車だけではなく、色々なものに使える。しかも、そのエネルギー源は生命光石である。環境に優しいエネルギー源だ。

数百数千回と銅線を巻いたコイルを内蔵したモーターに、電気を流すと静かに回転した。試作のモーターは悪くない。むしろ思った以上によい出来だった。

「モーターだと二酸化炭素を排出しないから、環境に優しそうだな」

産業革命が起こっていないこの世界では、温室効果ガスの排出量は少ないはずだ。寒い最北のデデル領は多少暖かくなってもいいかと思うが、前世の記憶から生態系を壊しかねない環境汚染はできるだけ避けるべきだろうと考えた。


王都へ向かうのが冬になる直前だったのは、ビーム砲や電磁投射砲を解体して、自動車の部品を造っていたことも原因の一つであった。煩わしい貴族の付き合いも回避したかったが、実をいうとこっちの要因のほうが大きいのだ。

二つの兵器を解体したことで、生命光石をエネルギー源にした発電機の構造が理解できた。それを応用すればエンジンは無理でも、モーターならそこまで難しい話ではなかった。

モーターの構造もそこまで難しいものではないので、すぐに再現できた。ただし理科の授業で知り得る程度の知識でしかない。前世の自動車や電車に使われていたものが、ロドニーの知識で再現できるとは思えなかった。

まずは変速機なしのモーターで動く車を作るつもりだ。変速機の構造を知らないためだ。

発電機とモーターはできている。それを載せる車体もトロッコのようなもので作った。

試作だから形はそこまで拘らない。ここで問題が発生した。

「タイヤなんて再現できませんよ……」

木や鉄のタイヤなら作れるが、ゴムのタイヤは無理だ。ゴムなど手に入らない。

『造形加工』は材料がないと、意味をなさない。その材料となるゴムがなければ、どうにもならないのである。

「そのゴムというものの代用品を探すのだ！」

「簡単に言わないでください……」

賢者ダグルドールの無茶振りに、何か良い素材がないか考える。

「そう簡単に浮かんできたら、苦労はしないか」

思わぬところで躓いた。

「ん……別に鉄の車輪でもいいのか」

ロドニーはレールを敷けばいいと思った。自動車ではないが、電車を再現することはできると。

「おお、それはいいアイディアだ！　すぐに、線路を敷くのだ！」

「線路を敷くには、これくらいのバラストと言われる石が大量に必要です」

両手の指で輪を作ってみせて、それくらいの尖《とが》った石が大量に必要だと言う。

「そんなもの、魔法でなんとでもしてやるわい。そうだ！　バージスが石を魔法で創るのだ。大量に要るとなれば、魔法の訓練にもってこいだ」

「ぼ、僕にできるでしょうか？」

「やるのだ。さすれば、道は開かれる！」

賢者ダグルドールの無茶ぶりのような気もしないではないが、それも訓練だとロドニーは温かく見守ることにした。

魔力を感じる訓練と魔力を動かす訓練を経て、魔力を体中に循環させる訓練をしているバージスだが、そろそろ簡単な魔法を扱うくらいはできるだろうと賢者ダグルドールは言った。バージスの修行は新たな局面に入ったのだ。

「お師匠様。他にも枕木にする木材、レールにする鉄も必要です。冬のデデル領では、簡単に用意できるものではないですよ」

「ぐぬぬぬ。春になったらすぐに手をつけるのだ！　それまでバージスは石を創り出す訓練だ！」

「そういえば、枕木は石でもよかったな」

「バージス、枕木もだ！」

「はい！」

賢者ダグルドールの弟子になったバージスは、デデル領の長い冬の間中魔法でバラストと枕木を創り出す訓練に明け暮れることになった。

一旦、自動車および電車の開発を棚に上げたロドニーは、敷地内に研究施設を建てることにした。これまでは倉庫の中で色々やっていたが、機密を扱うには不都合があると今更ながら気づいたのだ。

研究施設は石造りの建物にしたかった。海に入って海底から石や岩を持ち帰ろうと思った。

ソフィアと二人で荒れ狂うような海に入っていく。傍目には、これが貴族の姿にはとても見えないだろう。二人は海底散歩を楽しみながら、手ごろな石や岩を収納袋に入れていく。

「こうしてソフィアと二人きりになれたのは、久しぶりだな」

「ロドニーは忙しい身ですから、仕方ありません」

二人は手を繋ぎ、海底を自由に泳いだ。

冬の弱い光が、海に差し込む。その光の隙間を泳ぎ、時に身を寄せ合った。

大きな岩があればそれを拾いながら、二人はこれまで出たことのない沖へと向かった。

沖の水深は軽く二〇〇メートルはあり、海底まで光は届かない。まさに暗黒の世界だった。それでもロドニーの『水中王』とソフィアの『水中適応』は、ある程度の視界を確保してくれた。

海面近くを泳ぎ、二人だけの世界を楽しんでいたら、小魚の群れが二人の近くを通った。銀色の鱗に反射する光が美しくて目を奪われる。

マグロのような魚がその小魚を追って活発に動き回る。マグロにぶつからないように避けるが、数が多く速度もある。二人は魚の群れから離れ、笑い合った。

沖に出るとこういうこともあるのだと、新鮮だった。

岸に向かう途中で、ついでに港建設の予定地の視察をした。

デデル領の海岸に近い場所は、岩場が多くて危険だ。サルジャン帝国の皇女エリメルダが乗った船が座礁したのも、その岩場である。

今も座礁した船の残骸が岩場にあるが、今後はその岩場も含めて整備するつもりでいる。

「俺はビール工房に寄っていくけど、ソフィアはどうする？」

海から上がったロドニーとソフィアは、簡素な小屋の中で身を寄せ合って焚火にあたっている。地上では『水中王』や『水中適応』の効果はない。急激に体温が下がって危険だ。

「私もお供します」

「従士じゃないんだ。もっと砕けた口調でいいんだぞ」

「これ以上はちょっと……」

徐々に慣れてもらうしかないかと、ソフィアの肩を抱く。

ビール工房に入ると、工房長のドメアスとその弟子たちが出来上がったビールの試飲をしていた。

「ロドニー様、ソフィア様。丁度いいところにおいでくださいました」

ドメアスは二人にも試飲してほしいと、出来たてのビールを出した。

「これは、うまい！」

スッキリとした飲み口で、苦みがあるのにしつこくない。それでいて旨味も感じられるビールだった。

ドメアスたちが試行錯誤して作り上げたビールは、味こそ前世の記憶のものとは違っているがとても美味しいものだった。

「本当に美味しいですね」

ソフィアもビールを飲んで笑顔になった。

「やっと満足いくものができました」

ロドニーは記憶にあるビールの造り方をドメアスに教えたが、それでビールが造れるほど簡単なものではない。ロドニーの知識を基にここまでのビールに仕上げたのは、ひとえにドメアスたちの努力のたまものだ。

ロドニーはビールをここまで仕上げてくれたドメアスに、感謝の気持ちを表したかった。

「このビールは、ドメアスと名づける。このドメアスを量産してくれ」

「わ、私の名を……感激です！」

ドメアスは感無量で泣き出してしまった。その周囲に弟子たちが集まってもらい泣きする。

「親方、良かったですね！」

「親方の苦労が報われましたね！」

ドメアスは良い弟子たちに囲まれていた。それがこれだけのビールを造れる土台になったのだろう。


冬だというのに、ドメアス・ビールは瞬く間に王国全土に広がるのだった。今までのビールとは一線を画すビールだと評判になり、すぐに売り切れる大人気商品になった。

同時にイカの一夜干しやシャケの魚醤燻製も大人気で、こちらも売り切れご免状態だ。

ハックルホフ交易商会の各店では、ドメアス・ビールとイカの一夜干し、シャケの魚醤燻製が入荷したその日に在庫がなくなる。他の商会では手に入らないため、ハックルホフ交易商会の繁盛ぶりに嫉妬する商人も多かった。

ドメアス・ビールらの生産が追いつかない中、領主屋敷の一角では魔法の訓練をしているバージスの姿があった。

賢者ダグルドールの指導は厳しいものだが、バージスは挫《くじ》けることなく訓練についていった。

数日前には石を創り出すことができたと喜んでいた。今は安定して石を創り出す訓練をしている。

「ロドニー様、お姉ちゃん。おかえりなさい」

「バージス、精が出るな」

「お師匠様の弟子にしていただいたのですから、中途半端なことはできませんので」

「その意気です。がんばりなさい、バージス」

「はい、お姉ちゃん」


ロドニーは何日もかけて海から拾ってきた石や岩を素材にし、『造形加工』を使って研究施設を建てることにした。

これもバージスの訓練にと一瞬思ったが、こちらは自分で造ることにした。

まずは地面を深く掘り起こす。その分の土を固めて石のように硬くし、地下室の壁にする。

さらに海から拾ってきた岩で柱を立て、土の岩を外壁にする。

なんだか秘密基地のように見え、ロドニーのやる気に火が点《つ》いた。

「いい感じになったのう!」

賢者ダグルドールが褒める研究施設は、一階の広さが六〇×三〇メートルで中二階もある。地下には二〇×二〇メートルの部屋が二つあって、かなり広いのがわかるだろう。

セキュリティに関しては、賢者ダグルドールが魔法で結界を張ってくれた。さらに認識阻害の魔法までかけてくれた。そういった魔法が持続するように、大がかりな魔法陣を設置している。

「これで、自動車や電車の開発や、ビーム砲や電磁投射砲の生産を行える施設は完成です」

兵器の生産は、外に漏れるとマズいことになる。情報保護の観点からも、こういった施設は必要だ。

「まあ、秘密は漏れにくいほうがいいだろう」

冬が終わるまでロドニーと賢者ダグルドールは、この研究施設にこもって色々なものを作ることになる。


季節が春に近づき雪が少なくなった頃、賢者ダグルドールに連れ出された。賢者ダグルドールは線路を敷設するのを、冬の間中待ち望んだのだ。

ロドニーはもうすぐ結婚式という忙しい時期だが、賢者ダグルドールは欲望に忠実だった。幸いなことに結婚式の準備は母シャルメがやってくれている。

冬の間中魔法漬けだったバージスがバラストを敷設し、ロドニーがタコという道具を使い圧をかけて均《なら》していく。『剛腕』を発動したロドニーがタコを打ちつけるたび、バラストが締まっていく。

例年ならばラビリンスに入る時期なのだが、線路の敷設のためにロドニーは人足然として働いた。

ロドニーとバージスは、半月かけて四キロメートルほどの線路を敷設した。これによってバージスの魔法練度が上がり、かなりスムーズに魔法が発動するようになった。

これは将来の繁栄のためのものでもあるが、ある意味賢者ダグルドールの趣味なのだ。だから人を使わず、領主であるロドニーがこうやって働いているのだ。

「これで良し。お師匠様、準備完了です」

「うむ。さっそく電車を走らせるのだ！」

トロッコのような台に発電機とモーター、ちょっとした操作レバーが載っただけの簡素な電車に、ロドニーと賢者が乗り込む。

箱型の発電機に引き出しのようなものがあり、それを引いた。そこに生命光石一個を設置する。この生命光石は廃屋迷宮で最も多く入手できるゴドリスのもので、いくらでも手に入る。

王国の法では、光石アイテムの職人は国によって厳しく管理されている。だが例外もある。それは、貴族家の当主本人が務める場合だ。

貴族家の当主が光石アイテム職人であった場合、国の管理から離れる。

そもそも貴族家の当主が職人のマネ事をするのは、あまり褒められたことではない。それを禁じる法はないが、卑しい行いとされているためしないだろうという程度の理由で許されているのであった。

発電機のスイッチをオンにすると、モーターに電力が供給される。その電力を調整して、モーターの回転数をコントロールする。これまでに何度もテストを重ねたもので、順調に回転数は安定した。

モーターが動き出し、静かな回転音を発する。その動力が車輪へと伝わり、電車がゆっくりと動き出す。

「おおっ！　動いたぞ、ロドニー」

「動かしているのですから、当然ですよ」

「お主には感動というものはないのか⁉」

はいはいと適当に流して、さらに回転数を上げていく。回転数が上がると速度も上がり、賢者ダグルドールのテンションはさらに高まる。

「気持ちいい！　これが電車か⁉」

「お師匠様、座ってください。危ないですよ」

速度メーターがないので正確な速度はわからないが、時速三〇キロ程度まで上昇したところで賢者ダグルドールは感激して立ち上がった。この世界で初めて電車の走行に成功した瞬間なのだ、興奮するのも無理はない。

「ロドニー。速度をもっと上げるのだ」

「これが最高速ですよ。試作機だから、そこまで速度に拘ってませんので」

「次はもっと速度が出るものにするんだぞ」

「わかりましたから、座ってください。危ないですよ」

モーターを手で触るが、発熱は予想よりなかった。回転数をもっと上げるには、冷却も考えないといけないだろう。

そんなことを考えていると、線路の端が見えてきたので電力をカットして、ブレーキレバーを引いた。

「ロドニー。線路をもっと長くするんだ」

「試験走行用なんですから、これくらいでいいじゃないですか。それにお師匠様は電車ではなく、自動車を作ることを考えているのでしょう？　だったら、タイヤの素材を探したほうがいいと思いますよ」

「だが、ゴムというものはないのだろ？」

「ゴムじゃなくても、ゴムに似た素材を探せばいいのです」

探すと言っても、ゴムの木やそれに類する植物がデデル領のような寒冷地で育つとは思えない。

「南部のような温暖な場所であれば、発見できるかもしれませんよ」

「ふむ。ならば、南部へ行くぞ！」

「俺は無理ですよ。領地経営もあるし、港も築かないといけませんから」

「むむむ」

「そうだ、お師匠様とバージスに頼みがあったんです。港を築くのを手伝ってほしいんです」

「工事なんてつまらん」

「そう言わずに、可愛い弟子の頼みを聞いてくださいよ」


賢者ダグルドールは渋々港工事を引き受けた。

海岸そばの岩場を埋め立てる。ここでもバージスがいい仕事をした。

皇女エリメルダが乗った船が座礁した場所まで埋め立てると、今度はロドニーが『造形加工』で埠頭《ふとう》にしていく。同時に防波堤の役目もあることから、かなり大がかりなものだ。

座礁していた船を収納袋に回収し、海底も整備する。幸いなことに『水中王』があったおかげで、座礁ポイントを均していくのは簡単にできた。

回収した船にはめぼしいものはなかった。サルジャン帝国の水夫たちによって、主だったものは回収されていたのだ。少しは金目のものがあっても罰は当たらないと思ったロドニーだが、そこまで期待もしていなかった。

皇女エリメルダを王都に送った後、サルジャン帝国から感謝の書状と贈り物が届いた。贈り物は高価そうな絵画だったが、デデル領にその価値がわかるものはいなかった。今は屋敷の宝物庫の中で、大事に保管されている。

今年、そのエリメルダが輿《こし》入れしてくるらしい。ロドニーにも招待状が贈られてきたから、もうすぐ王都へ向かう。

「なかなか立派なものを造ったな」

港は賢者ダグルドールでも感嘆するような大規模なものになった。

交易用の船着き場と反対側には、漁業用の船着き場もある。これで大型漁船の運用がしやすくなったと、漁師たちが喜んでいた。

「あの先に灯台を建てる予定です。それで港湾の整備は終了です」

「その後は電車と自動車開発をするのだぞ」

「自動車よりも先に造船所を建てる必要があります。港があっても船がないのでは、本末転倒ですからね」

バッサムで大型漁船を造ったが、デデル領でも造船できるようにしたい。

「船など買ってくればいい。海賊を狩って、船を奪ってもいいぞ」

「海賊から船を奪うとか、どっちが海賊かわかりませんよ」

「海賊から奪うのは、世のため人のためだ。ははは」

ハックルホフが紹介してくれた船大工が、デデル領に来てくれる。それがこの夏だ。ロドニーは船大工たちに使ってもらう造船所を建てなければいけない。

港の敷地内に、その造船所を建てる。ここでもバージスの魔法が役に立つ。ロドニーの『造形加工』は材料がないと、何もできない。その材料となる石をバージスが魔法で出してくれるのだ。

ロドニーは港をベックと名づけた。死んだ父親の名前だ。

領主としてはパッとしなかった父親だが、ロドニーたち家族を愛していた優しい父親の名である。

このベック港がデデル領の発展を見守ってくれることを願って、この名をつけた。

＋・＋・＋・＋・＋・＋・＋・＋・＋・＋・＋・＋

終章 結婚編

＋・＋・＋・＋・＋・＋・＋・＋・＋・＋・＋・＋

デデル領に春がやってきて、ロドニーとソフィアの結婚式の前日になった。

「ロドニー殿、ソフィア殿。おめでとう。しかし、このような器量好《よ》しの女性を妻にできて、ロドニー殿は幸せ者だ」

結婚式に参列するため、寄親のバニュウサス伯爵自らデデル領へ赴いた。デデル領の発展具合を実際に見たかったのもあるが、これからもフォルバス家といい関係を続けていきたいという思惑があってのことだ。

「ありがとうございます。バニュウサス閣下。私も幸せ者だと、自分で思っております」

「ははは。のろけてくれるわい。それでの……」

バニュウサス伯爵はロドニーに顔を近づけ、小声で話す。

「シュイッツァーめ、かなり慌てておるぞ。ふふふ」

「閣下にはご迷惑をおかけしております」

「いや。彼奴《きゃつ》めは増長しすぎた。これに懲りて大人しくなればよし。そうでなければ……。おっと、結婚を控えた者に話すような話題ではなかったな。すまない」

「いえ。閣下のお心遣いに感謝しております」

ドメアス・ビールと共にイカの一夜干しとシャケの魚醤燻製も売り切れが続出している。明らかにシャケの干物の市場を荒しており、それにより売り上げがかなり落ちている状況だ。

シャケの干物は自然乾燥のため生産に数カ月かかるものだが、燻製やイカの一夜干しは数日で売り物になる。

今は作れば作るほど売れるため、シュイッツァー家の干物の売れ行きが悪くなっているのだとか。

ハックルホフの話では、シャケの干物の卸値は例年の五割程度まで落ち込んでいる。燻製は真新しく、シャケの干物よりも美味しいと評判なのだ。

例年の半値ともなれば、干物を誇りにしていたシュイッツァーの腸《はらわた》は煮えくり返っていることだろう。その顔を見られないのは残念だとロドニーは思った。

シュイッツァーにとっては今までシュイッツァー家が暴利を貪っていたと、商人たちに思われたのが痛かった。これは騎士シュイッツァーの傲慢な振る舞いと、贅沢《ぜいたく》な生活ぶりのせいだ。

商人たちはシャケの干物を仕入れる際、燻製があるから無理に仕入れなくてもよい。だから安く仕入れられるなら、考えるというスタンスをとった。

騎士シュイッツァーがこれまでに商人と良い関係を築いていたら、こうはならなかっただろう。それをせず『売ってやる』という傲慢な態度が目立った騎士シュイッツァーを、あえて救おうという商人はいなかった。

「しかしよろしかったのですか。閣下にとっても税が減ることになりますが……」

「そうでもないぞ。そもそも干物に代わったのは燻製だ。その商いの窓口はハックルホフ交易商会なのだから、当家はどちらが売れても税収に大きな差はない。むしろ燻製は売れに売れているようだから、税収は増えるのではないかな。くくく」

シャケの干物で直接的な利益を得ているのは、シュイッツァー家であってバニュウサス伯爵家ではない。バニュウサス伯爵家は領内の商人から得る税収による利益を得ているため、本店のあるハックルホフ交易商会が潤えばバニュウサス伯爵家も潤うのである。

とはいうものの、家臣の凋落《ちょうらく》は本来よろしくない。しかしシュイッツァー家は豊富な財力を背景に、我が物顔をしていた経緯がある。バニュウサス伯爵家当主にも大きな顔をする始末だ。そういった家臣の凋落は、バニュウサス伯爵家にとって悪い話ではない。家臣はあくまでも家臣。同盟相手でも同等の関係でもないのだから。

バニュウサス伯爵はその程度の冷静な判断ができる。それにシュイッツァー家が凋落したら、バニュウサス伯爵家が直接シャケの干物事業に介入してもいい。それで外聞が悪いというのであれば、適当な家臣に任せればいい。今までのシュイッツァー家のような力を持たないように対策したうえで。

翌日は朝早くから式場の最終確認や料理の支度など、フォルバス家の家臣たちはまさに戦場のような忙しさを味わっていた。待ちに待った当主の結婚なのだ。ここでロドニーに恥をかかせるわけにはいかない。ロドメル以下家臣一同、その家族たちも一丸となって結婚式に挑んだ。

「ロドニー殿。素晴らしい式であるな」

「ありがとうございます。閣下」

昨日シュイッツァーのことを話していた時とは打って変わって、バニュウサス伯爵は柔和な良い表情でロドニーとソフィアの門出を祝ってくれた。

「閣下。今後は主人共々、よろしくお願い申しあげます」

レースのケープは腰まである輝く金髪を神秘的な美しさに引き立てており、純白のドレスを身に纏ったソフィアはまるで美の女神のような美しさであった。

「もちろんだ、ソフィア殿。フォルバス家は我が家にとって大事な寄子。いい関係をこれからも築いていきたいと思っている。そうだ、今度我が城に遊びに来てくれたまえ」

フォルバス家はバニュウサス伯爵家の寄子なのだから、シュイッツァーのように増長するなよ。そんな意味が込められた言葉だと、横にいるロドニーは受け取った。

「ありがとうございます。閣下」

招待された貴族たちも二人の門出を祝福してくれる。

ソフィアは純白のドレスにも負けない透明感のある、裏表のない心からの笑みを浮かべた。本当に幸せなのだろうと、バニュウサス伯爵たち参列者にもわかる笑みだ。

貴族家の婚姻はともすれば政略結婚ばかり。愛情は結婚してから築くものだが、愛情のないまま仮面夫婦を演じる者たちもいる。

今日の主役の二人は本当に愛し合い、求め合って結婚できた。それは本当に稀有《けう》な存在である。それがバニュウサス伯爵たちに羨ましいと思わせるのだった。

「ロドニー！　よくやった！　これでフォルバス家も安泰だ！」

「爺さん、痛い。叩くなよ。それに暑苦しいぞ」

「嬉しいのだ！」

ハックルホフは相変わらず暑苦しかった。孫大好き爺さん全開である。

結婚式に先立つこと一〇日も前にデデル領に入った。毎日ロドニー、エミリア、そしてソフィアと楽しく過ごし、肌の色艶がいい。

たまに賢者ダグルドールとも衝突したが、孫の取り合いといったじゃれ合いだ。

「ソフィア、おめでとう。私も素敵な彼氏が欲しいわ」

「シーマ様。ありがとうございます。シーマ様であれば、すぐに良い方が見つかりますよ」

「本当にそう思う？　お爺ちゃんがあれだよ？」

ロドニーに絡んでいるハックルホフを二人が見る。ハックルホフの孫可愛がりは、ソフィアも嫌と言うほど見てきた。もしシーマに彼氏ができたら、「ワシの目が黒いうちは許さん！」と言う光景が浮かんできて苦笑した。

「ソフィアさん。ロドニーをお願いね」

ロドニーの祖母でハックルホフの妻であるアマンは、柔らかな笑みを浮かべてソフィアの手を取った。

「こちらこそよろしくお願いいたします。アマン様」

多くの来賓から、祝福を受けたロドニーとソフィア。その二人の前にバツが悪そうに現れたのは、ロドニーの伯父であるサンタスだ。

「その……あの時は悪かった。許してほしい」

ロドニーに絶縁宣言した後、ハックルホフにボコボコにされて王都の店で役職もない平店員として修業していた。そこでロドニーが活躍している噂を聞き、自分が間違っていたこと、人を見る目がないことを痛感していたサンタスであった。

大商人の息子としていい気になっていたのを反省して、真面目に仕事に取り組んだ。サンタスは最近、バッサムに戻されたところだ。

「今日は来てくださり、ありがとうございます。これからもよろしくお願いしますね、伯父上」

ロドニーはあえて何も言わず、結婚式に来てくれて感謝していると伝えた。サンタスもぎこちない笑みだったが、ホッとしたような表情をした。

「ロドニー様。次は男子《わこ》ですな」

「気が早いぞ、ロドメル」

「何を仰いますか。ロドニー様の英明さとソフィア様の武を受け継いだ男子がお生まれになられたら、フォルバス家の繁栄は数十年のものになりましょう。我ら家臣一同、そうなることを願っております」

相変わらずだなと、ロドニーが苦笑する。

だが家臣としては、本当に早く子どもを作ってほしいのだ。なにせ今のフォルバス家は、ロドニーに万が一のことがあった際に家を継ぐ跡取りがいないのだから。

エミリアに婿をとるにしても、そのエミリアの婿が決まっていない。後継者問題はフォルバス家にとって極めて脆弱《ぜいじゃく》な部分であった。

「まあまあ、ロドメル殿。ロドニー様もそのくらいのことは考えておりましょう」

従士ホルトスが楽しく飲もうと、ロドメルを引きずっていく。

皆が楽しみ、祝ってくれた。それがとても嬉しくて、胸がいっぱいになった。

「ロドニーよ、良かったな。ソフィアを大事にするのだぞ」

「はい、お師匠様。ソフィアを悲しませないように、努力します」

賢者ダグルドールが鼻の頭と頬を赤らめている。すでにかなり酒を飲んでいるようだ。なにせこの披露宴には、デデル領特産のビールが大量にある。しかもそれは最高級のドメアス・ビールなのだ。ビール好きの賢者ダグルドールにとって天国ともいうべき状況だ。

他にも付き合いのある貴族家や、あまり付き合いのない貴族からも祝いの言葉をもらった。そういった貴族にフォルバス家の財力を見せつけるために、高価なバニュウサス器を買い求め、バッサムの有名店からシェフを呼び寄せて料理を作ってもらっている。それが上手くいったようで、多くの貴族が驚いていた。

皆が喜び、祝ってくれる。それが本当にありがたいと思った新婚の二人だった。

「ソフィア。俺は必ず君を幸せにし、死が二人を分かつまで、俺は君を愛することを誓う」

「私も死が二人を分かつまでロドニーを愛します」

二人は寄親であるバニュウサス伯爵の前で愛を誓い合った。

「めでたい！　皆、踊れ！　飲め！　二人の門出を祝うがよい！」

「「「おめでとう！」」」

「「「二人ともおめでとう！」」」

賢者ダグルドールの音頭で皆が祝福の声をあげた。

音楽が奏でられ、二人は皆に背中を押された。

「新郎新婦が踊らないと、皆が踊れませんよ」

リティが二人に踊るように促す。二人は顔を見合わせ、共に笑みを浮かべた。

「踊ってくれるかな?」

「喜んで」

ロドニーがソフィアの手を取って踊り出す。ロドニーたちを囲むように皆が踊る。

白のタキシードで首元に赤いジャボが映えるロドニーは、髪形をきっちり決めている。

ダイヤが散りばめられたティアラと大きなエメラルドがあしらわれたネックレスが、ソフィアの純白のドレスに映える。今のフォルバス家の財力を誇示するもので、出席した貴族たちはソフィアがつけている宝石に目を奪われた。

しかし純白のドレスに一番映えているのは宝石などではなく、彼女の緋色の瞳だろう。

夜がやってきてもパーティーは終わらない。篝火《かがりび》が焚かれ、皆の笑い声がやまない。

生涯で一番楽しく幸せな夜だったと、ロドニーは後に語ることになる。

最北領の怪物　～借金地獄から始まる富国強兵～②／完

＋・＋・＋・＋・＋・＋・＋・＋・＋・＋・＋・＋・＋・＋

書き下ろし

＋・＋・＋・＋・＋・＋・＋・＋・＋・＋・＋・＋・＋・＋

それは何年も前の暑い夏の日のことだ。当時のロドニーは幼く、体が弱かった。鍛えても鍛えても強くならず、従士たちからは匙を投げられていたほどである。

そんなロドニーと共に剣を振るのは、従士の長女ソフィアだ。彼女はたぐいまれな剣の才を持っていた。

二人は幼馴染だが、ソフィアのほうが二つ年上である。何をするにもロドニーはソフィアについて回っていた。

デデル領では珍しく炎天下と言えるほどの暑さがあり、二人は剣の稽古を終え、汗だくになっていた。

ソフィアが井戸から水を汲み盥《たらい》に溜める。

「ロドニー、服を脱がしてあげるわ」

「うん」

ソフィアは手際よくロドニーの服を脱がした。姉が弟の世話をするような光景だ。

姉御肌のソフィアに、なすがままにされてロドニーはすっぽんぽんになった。ソフィアも服を脱ぎ去って、二人で盥に入って汗を流す。

「冷たくて気持ちいいわね」

「うん。とっても気持ちいい」

二人は盥に背を預け、真っ青に晴れ渡る空を見上げた。

「あー、二人ともずるーい！　私も入る！」

エミリアが早業で服を脱ぎ去ると、猫のような柔らかな動きでジャブンと盥に飛び込んだ。水が跳ねてロドニーの顔にかかって鼻の中に水が入った。

「ゲホッケホッゲホッ。エミリア。もっとそろそろ入れよ」

「でもソフィアにはかかってないわよ。お兄ちゃんがちゃんと躾さないのがいけないのよ」

まったく悪びれることのないエミリアは、いつもこんな感じだ。

「キャハハハ」

エミリアは水をバシャバシャと跳ね上げ、足を激しく動かす。

「ちょ、止めろよ」

「だって気持ちいいんだもーん」

エミリアが暴れるおかげで、盥の水がどんどん減っていく。

「お兄ちゃん。お水入れて」

「お前が暴れるからだぞ」

「私が入れるわ」

「こういうのは男の子がするものって、お母さんが言ってたよ」

「う……僕がするよ」

ロドニーはすぐ横にある井戸の水を汲むのだが、いかんせん非力だ。うんしょうんしょと歯を食いしばって縄を引っ張る。

「がんばって、ロドニー」

ソフィアが縄を掴む。二人で縄を引っ張り、エミリアが入る大きな盥に水を入れる。

「わーい、つめたーい！」

水が追加されるとエミリアが暴れてまた水が盥の外に飛んでいく。

「おい、エミリア。いい加減にしろよ」

「だって」

「だってじゃない」

「もう、お兄ちゃんは厳しいんだから」

「僕は厳しくないだろ。はぁ、まったくエミリアは……」

ソフィアと二人で水を汲み、盥に水を溜めるとまた一緒に入る。


「もう出るよ」

「いやっ」

ロドニーとソフィアは盥から出て体を拭き合う。しかしエミリアはまだ入っていたいと、顔を横に振る。

少し膨らみかけているソフィアの胸をロドニーが拭いて、真っ平なエミリアの胸と見比べる。やっぱりソフィアの胸は膨らんでいる。今まで意識してなかった女性を、ソフィアに初めて感じた瞬間だったのかもしれない。

夏ということもあり、ソフィアの服は薄手のワンピースだ。そろそろ目の毒になりつつあるひと夏の想い出であった。

そんな淡い想いを抱き始めたロドニーの横では、盥に入っているエミリアが静かになっていた。

「エミリア、唇が紫色になっているぞ。早く水から上がるんだ！」

冷たい水に浸かって騒いでいたエミリアだったが、次第に唇が青くなっていき、動きも少なくなっていた。

「エミリア。早くあがりなさい！」

ソフィアが引っ張り出し、エミリアが水から出る。

「いくら暑いからって、冷たい水に浸かりすぎだ」

「ううう」

小刻みに震えるエミリアの体を、二人がせっせと拭いていく。

「はい、足を上げて」

「ばんざいして」

ソフィアは下着を穿かせ、ロドニーは服を頭から被せる。

服を着ると、エミリアはいつもの元気を取り戻して、駆けていく。

二人はエミリアを見送って家に入ろうと思ったが、ソフィアの服が濡れているのに気づいた。

ささやかな膨らみがある胸が、透けて見える。

「濡れちゃったわね。すぐ乾くわ。さ、いきましょう」

「うん」

ロドニーの手を取って進むソフィアは、本当のお姉さんのようだ。

ゆっくりと目を開けるロドニー。その横には、可愛らしい寝息を立てるソフィアがいる。

「夢か……。あの頃は楽しかったが、悔しくもあったな」

剣の腕がまったく上達しないことに、ロドニー自身も悔しい想いを抱いていた。

今のロドニーしか知らない人は、そんな過去があったなどとは思いもしないだろう。

ロドニーはソフィアの黄金色の髪を撫で、幼くも淡い想いを抱いていたことを思い出した。

「ソフィアは今もあの頃も変わらず綺麗だ」

その額に口づけすると、ソフィアの瞼が上がっていく。

「起こしてしまったか。ごめんよ」

「私は綺麗ですか？」

猫のような悪戯さを湛えた緋色の瞳がロドニーを見つめる。

「……聞いていたのか」

「はい。聞いていましたよ。それで、私は綺麗ですか？」

「そうだな」

「ちゃんと綺麗と言ってください」

ソフィアのおねだりをするような上目遣いに、ロドニーは困ったなと頬をかく。

面と向かって綺麗と言うのは気恥ずかしいのだ。

「……綺麗だ」

「声が小さくて聞こえませんよ」

ソフィアは少し頬を膨らませ、拗ねた表情を作った。

「綺麗だ！」

「はい。ありがとうございます」

　ソフィアがロドニーの胸に顔を埋める。

　そんなソフィアの髪を撫で、腹部に直接感じる豊満な胸の感触に、あの頃よりもさらに成長したと思うロドニーだった。

「ところで、どんな夢を見ていたのですか？」

「……そんな前から起きていたのか」

「はい、そうですよ」

「昔の幼かった頃のことを夢で見ただけだよ。あの頃から、ソフィアは綺麗だった。俺の初恋の相手さ」

「まあ、初恋の相手ですか。光栄です。ウフフフ」

「ソフィアの初恋は誰だったんだ？」

「聞きたいですか？」

「ああ、聞きたいね。そいつをぶん殴ってやる」

「まあ、ウフフフ。今のあなたに殴られたら、大変ね」

「幼い頃の俺なら、ぶん殴るなんてできなかっただろうな。逆に返り討ちにあっていただろう」

「あの頃のあなたは、ひ弱でしたものね」

「そうはっきり言われると傷つくんだけど」

「今のあなたはとても強いです」

「そうか。ソフィアを守れるくらい強くなれたかな」

「はい。しっかりと守っていただいてますよ」

「で、誰なんだ？」

「秘密です」

「俺は教えただろ」

「だって、あなたに殴られたら、彼は死んじゃいますもの」

ソフィアはロドニーに聞こえないように「とてもひ弱な子でしたから」と続けた。

「殴らないから教えてくれ」

「嫌です」

「なんだよ、教えろよ」

ロドニーはソフィアの脇をくすぐる。

「アハハハ。止めて、止めなさいアァァァ」

「教えるまでくすぐるぞ」

「だ、ダメでアハハハ」

二人はじゃれつき合い、ロドニーはソフィアの上に覆いかぶさる。

「言わないのなら、俺しか見えないようにしてやる！」

「…………」

乱暴に唇を奪い、ソフィアから初恋の人の記憶を消し去ろうとする。そのうちに口づけは優しいものに変わり、ソフィアを慈しむように愛撫するのだった。

あとがき

お久しぶりです。作者のなんじゃもんじゃです。

ページ数が足りないということで、ショート（こぼればなし）を書きました。ロドニーの幼い頃の甘い想い出を夢として書きましたが、どうでしたでしょうか。本編ではなかった幼いエロスを書いてみたのですが、気に入ってもらえたでしょうか。

逆に不快に思われたかたには、申しわけありません。お詫び申し上げます。

え？　いいところだったのに？　こぼれ話だけでよかった？　そう言わず、あとがきにも少しだけお付き合いください。


さて、今回は『最北領の怪物』の二巻ということで、デデル領のさらなる発展と、ロドニーとソフィアの結婚までとなっております。

それにＷｅｂ版とは一味違うダークなロドニーとホルトスもいます。お楽しみいただけると幸いです。


作者としては、三巻も書いて完結へ向かっていきたいと考えています。ですから、この二巻が売れてくれることを強く望みます！

本書の出版に携わってくださったスタッフの方々、購入してくださった皆様に最上の感謝を！

そして三巻でお会いできることを切に願っております！　ありがとうございました！

MAG Garden NOVELS

最北領の怪物
～借金地獄から始まる富国強兵～②

発行日　2024年2月24日 初版発行

著者 なんじゃもんじゃ　イラスト 長浜めぐみ
©なんじゃもんじゃ
発行人　保坂嘉弘
発行所　株式会社マッグガーデン
〒102-8019 東京都千代田区五番町6-2
ホーマットホライゾンビル5F
編集 TEL：03-3515-3872　FAX：03-3262-5557
営業 TEL：03-3515-3871　FAX：03-3262-3436
印刷所　株式会社広済堂ネクスト
担当編集　宇都純哉
装　幀　木村慎二郎（BRiDGE）+ 矢部政人

本書は、「小説家になろう」（https://syosetu.com/）作品に、加筆と修正を入れて書籍化したものです。

本書の一部または全部を無断で複製、転載、複写、デジタル化、上演、放送、公衆送信等を行うことは、著作権法上での例外を除き法律で禁じられています。

落丁本・乱丁本はお取り替えいたします(着払いにて弊社営業部までお送りください)。

但し古書店でご購入されたものについてはお取り替えすることはできません。

ISBN978-4-8000-1419-1 C0093　Printed in Japan

著者へのファンレター・感想等は〒102-8019（株）マッグガーデン気付
「なんじゃもんじゃ先生」係、「長浜めぐみ先生」係までお送りください。
本作品はフィクションです。実在の人物・団体・事件等には一切関係ありません。